거행

귀행 4

초판 1쇄 인쇄일 2014년 9월 19일 ｜ **초판 1쇄 발행일** 2014년 9월 22일

지은이 손연우 ｜ **펴낸이** 곽중열 ｜ **담당편집 팀장** 이범수
편집부 신연제 이윤아 김호성 김은경

펴낸곳 (주)조은세상 ｜ 출판등록 제 2002-23호
주소 경기도 연천군 미산면 청정로1355
TEL 편집부 02)587-2966 ｜ FAX 02)587-2922
e-mail bukdu@comics21c.co.kr

©손연우 2014
ISBN 979-11-5512-668-4 ｜ ISBN 979-11-5512-521-2(set) ｜ 값 8,000원

NEO ORIENTAL FANTASY STORY

손연우 신무협 장편소설

4

거
생

북
두
1좋은세상

귀행 4

NEO ORICNTAL FANTASY STORY

CONTENTS

귀행

第 1 章

第 1 章.

1

가해월의 표정은 창백하게 질려있었다.

팔짱을 끼고 있던 독고월의 시선이 기루 밖으로 향했다.

거대한 존재감의 위치는 지척이었다.

가해월이 고개부터 흔들었다.

"야주 담천(曇天)과 담판을 지을 생각이라면 그만둬. 아
직 넌 그놈과 상대를 하기엔 무리야. 초절정 무인 열 명이
달려들어도 안 되는 괴물이라고! 아무리 네가 권야를 죽였
다고 해도 안 돼."

역시 권야가 독고월에게 죽은 걸 알고 있는 가해월이었
다. 천안통이라는 능력이 제법이다. 독고월은 가해월의 능
력보다 야주의 이름에 주목했다.

"담천이라니 이름 한 번 우울하네."

우득.

싸늘한 미소를 지은 독고월이 양손을 깍지껴 쭉 폈다. 마치 호랑이가 사냥 나가기 전에 기지개를 켜는 듯했다.

가해월이 독고월의 앞을 가로막았다. 자신의 만류에도 불구하고 담판 지으려는 듯 보여서다.

"지금은 안 된다고! 본녀가 환술로 시간을 벌 테니 후일을 기약해. 야주는 네가 상상하는……"

"아서라, 네까짓 게 그 대단하다는 야주를 상대로 시간을 벌어봤자 얼마나 벌겠어. 그냥 옷이나 주워입지. 적들 앞에서 헐벗은 몸 자랑해댈 거 아니면."

"……!"

독고월의 이죽거림에 가해월이 얼굴을 붉혔다. 이의는 없었는지 장에서 꺼낸 의복으로 갈아입었다. 용봉대전에서 입었던 차림 그대로였다. 물론 육감적인 몸매가 매우 잘 드러난 의복이었다.

"뭐, 그런대로 봐줄 만은 하군."

"확! 그냥 막! 벗어젖혀 버릴까 보다!"

가해월은 맘에도 없는 소리를 해댔다. 볼까지 붉어진 걸 보면 나이에 비해 순수함은 있어 보였다.

독고월이 물었다.

"그나저나 대체 왜 헐벗고, 있었던 건데?"

"돈 많은 젊은 놈 꼬셔서 팔자 좀 펴보려고 그랬다, 왜!
불만 있어?"

"그 대상이 '나' 만 아니라면 불만 없지. 행여라도 그런
삿된 생각을 하고 있다면, 언감생심 꿈도 꾸지 말도록."

"남이사, 그러든 말든!"

가해월은 분통을 터트렸다. '그리고 네놈처럼 비뚤어진
놈은 본녀 쪽에서 사양이다.' 라는 말이 턱밑까지 차올랐지
만, 내뱉지 못했다.

털썩.

독고월에 의해 수혈을 집히고 쓰러져서다.

가볍게 가해월을 안아 든 독고월은 침상 쪽으로 갔다.
잠이 든 가해월을 침상 위에 눕힌 뒤, 자신의 품속을 뒤졌
다. 그리고는 천천히 신형을 돌렸다.

이미 누군가 와있었다. 마치 처음부터 여기 있었던 것마
냥 고요한 신색으로 말이다.

"반갑네."

홀연히 들어온 노인이 인사말을 건넸다.

거대한 존재감이 사라진 평범하기 그지없는 모습에 하
마터면 여기서 일하는 이로 오해할 뻔했다. 다행히 노인의
소개가 먼저였다.

"노부의 이름은 담천이라고 하지."

"독고월."

11

"남궁일이란 이름보다 새 출발하는 이름으로 불리길 원하는 건가?"

독고월은 고개만 까닥였다.

"좋네, 그리 불러주지."

듣던 대로 오만방자한 태도로 일관해도 담천은 별반 신경 쓰지 않았다. 그건 담천이 인내심이 많아서가 아니었다. 독고월 아니, 남궁일 대협이란 패는 흑야 입장에서 쓸모가 너무 많았다.

야주가 직접 예까지 발걸음 한 건 최후의 통첩이나 다름없었다.

"본좌가 이곳에 온 연유를 짐작하고 있을 거라 믿겠네."

담담한 미소를 지으며 말하는 담천은 평범한 할아버지처럼 보였다. 솔직히 너무 만만해 보여서 이 강호에 혈겁을 불러올 사람처럼 보이지 않았다.

담천은 침상 쪽의 가해월을 향해 잠시 시선을 줬다가, 준비된 탁자에 앉았다.

쪼르륵.

빈 술잔을 채우는 담천을 독고월이 주시했다.

"하면 내 조건은?"

"보기보다 성급하군."

"성급? 손부터 나가지 않는 걸 다행으로 여겨야지."

독고월의 도발에 담천은 끌끌 거리며 웃었다. 술잔을 들어 가볍게 비워내며 말했다.

"자네야말로 다행으로 여기게. 지금 내가 무척 기분이 좋다는 사실에 말일세."

"왜, 모든 게 비망록에 쓰인 계획대로 가서?"

"허허! 그건 어찌 알고 있는가?"

그냥 한 번 찍어봤는데, 담천이 놀라워했다.

담천이 보인 반응은 당연했다. 초난희가 쓴 비망록의 사본이 없음은 예전에 확인했었다. 한데도 그는 마치 본 사람처럼 굴었다. 지금 말하는 태도가 거슬리긴 하지만, 적대하는 건 당연했다.

인의무적 남궁일 대협이 강호를 전복시키려는 세력에 순순하게 구는 게 더 이상하다.

"알긴 개뿔, 그 대단하신 암중세력의 수장이 이렇게 확신에 찬 태도로 온 이유가 뭐겠어? 제 의도대로 될 걸 아니깐 이런 거 아니겠냐고."

독고월은 비아냥거리기까지 했다.

아직까진 담천이 가진 인내심의 허용범위다. 그 대단하다는 야주가 인내심을 가진 이유는 이러했다.

"허허, 과연 비망록이군. 남궁일 대협이 믿었던 이들에게 배신당한 충격으로 정신이 온전치 못하다고 쓰인 대목은 솔직히 긴가민가했다네. 마공을 익히지도 않았고, 자네 정도 되는 초절정 무인이 그렇게 되는 경우는 거의 없다고 봐야 하네만……."

담천이 말을 멈추고 흐뭇한 미소를 지었다. 비망록의 대단함을 새삼 알게 되어서다. 지난 일 년간 모든 게 비망록에 쓰인 그대로 진행됐다.

권야의 죽음부터 해서 눈앞의 독고월까지.

토씨 하나 틀리지 않았다.

"비록 절벽에서 떨어진 뒤, 사라진 자네의 자취를 다시 찾는 데 한 달 넘게 걸렸지만 그런 점을 제외하곤 완벽하게 들어맞았다네."

"……."

독고월은 대꾸하지 않았다. 비망록에서조차도 자신의 정체를 숨기려는 초난희의 속내가 느껴져서다.

어쩌면 초난희가 화전민촌에 걸어놓은 진무조차도, 흑야의 시선으로부터 시간을 벌어 독고월이 천구패의 독문무공을 하루빨리 익히게 한 뒤, 흑야에 끌려다니지 않게 하기 위함이 아니었을까?

독고월은 제 생각이 지나친 비약은 아니라고 여겼다. 초난희라면 그 정도 안배는 하고도 남았다. 귓가로 흐뭇해하는 담천의 목소리가 들려왔다.

"솔직히 본좌는 비망록이 진실 속에 거짓을 숨겨뒀을 공산이 크다고 여겼는데. 이렇듯 속속들이 들어맞으니 안 믿고 배길 수가 없군."

저리 확신하는 담천을 보니 비망록에 쓰인 결과가 그려졌다.

흑야의 천하가 도래함을 말해주고 있겠지.

독고월이 말했다.

"그럼 내가 흑야와 어찌 될 거라는 것도 나와 있겠군."

"허허."

담천이 의미심장한 눈빛으로 웃음을 흘렸다.

독고월은 담담하게 그를 마주하며 말했다.

"해서 내가 수락할 만한 조건은 가져왔나?"

"용봉대전에서 우승한 뒤에 수상식에 우리가 원하는 바를 이루면 내건 조건에 대해 생각해보겠네."

네가 먼저 할지, 내가 먼저 할지 눈치싸움이다.

독고월은 강경하게 나갔다.

"아니, 확인이 우선이다."

"그건 불가일세."

담천은 단호하게 거절했다. 독고월이 물러설 수밖에 없음을 알고 있는 눈치였다.

콰앙!

독고월이 탁자를 내리치자 산산이 조각났다. 천천히 한 자 한 자 씹어뱉듯이 말했다.

"협상은 결렬이다, 늙은이."

우우우웅.

몸까지 일으킨 독고월에게서 어마어마한 기세가 흘러나왔다.

폭풍을 앞에 둔 것 마냥 담천의 수염은 물론, 의복까지 펄럭일 정도였다.

수마에 빠져있던 가해월의 아미가 움찔거릴 정도로, 독고월이 내뿜는 기세는 가히 일절이었다.

짝짝.

담천은 손뼉을 치며 감탄했다. 독고월의 기세가 대단한 것도 있었지만, 그보다 더욱 감탄을 불러온 건 따로 있었다.

"과연 천기자의 손녀답군. 쉽지 않을 거라더니."

설마 이마저도 비망록에 적혀있단 이야기인가.

모든 게 비망록에 쓰인 대로라는 담천의 눈빛이었다.

그걸 본 독고월은 형언할 수 없는 짜증이 솟구치는 걸 느꼈다. 참을 수 없는 분노와 함께.

쿠웅.

독고월은 진각을 밟는 동시에 외쳤다.

"내 이럴 줄은 몰랐을 것이다!"

야주 담천의 면상을 향해 주먹질을 날렸다.

그것도 전심전력을 다해서!

2

콰악.

틀어박힌 주먹의 위치는 아쉽게도 담천의 면상이 아니었다. 담천의 너른 손바닥이었다. 어린애가 내지른 주먹을 잡아낸 것처럼, 담천은 독고월의 공격을 쉬이 받아냈다.

"허허, 성격이 이리 화급해서야. 어차피 자네는 본좌의 말을 들을 수밖에 없을 걸세."

"뭐?"

독고월은 손을 빼내며 사납게 눈을 부라렸다.

담천은 순순히 손을 놔주고는 건너편 자리를 권했다.

"앉게. 오늘은 자네와 이야기를 나누러 왔으니까. 아무리 변수를 만들어내려고 용을 써봐야 운명은 정해진 순리대로 흘러갈 뿐이지. 흑야의 천하가 도래함은 막을 수 없는 숙명일세."

"헛소리! 정해진 운명 따위 난 믿지 않아. 만약 그런 되지도 않는 운명이란 걸 정하는 작자가 있다면, 전력을 다해 박살을 내주지."

"호기롭군, 호기로워. 본좌 또한 자네와의 협조가 쉽지 않을 거란 건 알고 있었네만……."

담천은 아직도 앉지 않는 독고월을 보며 이어 말했다.

"…자네가 용봉대전에 나선 걸 보면, 복수라는 걸 염두에 두고 있는 것으로 보인다네. 또 본좌의 존재를 눈치채고도 기다린 걸 보면 확신까지 드네만."

"그렇다고 해도 내 조건이 선행되어야 함은 변함이 없지."

독고월은 물러서지 않았다.

어쩔 수 없다는 듯이 담천이 고개를 저었다.

"좋네."

"……."

뭐가 좋다는 건지 알 길이 없던 독고월의 귓가로 담천의 싸늘한 목소리가 파고들었다.

"자넬 죽이고, 환술로 우리의 눈을 줄곧 가려왔던 초난희의 스승이란 계집과 모용세가의 남매, 꼬마애들은 물론… 그 집안의 식솔들까지 씨를 말려주겠네. 남궁세가도 덤으로."

"강호를 전복시키려는 암중세력치고 너무 치졸한 협잡인데?"

"허허, 인정하네. 하지만 어차피 모두 걸러질 인물들, 그 죽는 시간이 늦느냐 빠르냐의 차이인데. 자네가 그걸 바꿀 수도 있다네. 자, 어쩌겠나?"

"치졸한 협잡에 놀아나기엔 내가 좀 하지."

독고월은 월광도를 빼어 들었다. 생사결을 앞둔 사람처

럼 비장한 표정이었다. 전신을 휘도는 진기는 당장에라도
월광도를 통해 강격을 퍼부을 듯이 들끓는 중이었다.

좌악!

독고월이 기수식을 취했다.

담천이 혀를 찼다. 어처구니가 없다는 듯이 되물었다.

"쯧! 괜찮겠는가? 본좌는 천하제일인이네."

광오한 말이지만, 허투루 들리진 않았다. 기세도 기존의
부드러움을 버리고 칼날 같은 예기가 자리했다. 단지 말투
와 분위기만 바뀌었을 뿐인데, 실내공기가 달라져 있었다.

독고월도 숨이 턱 하니 막혀야 함이 마땅한데.

멀쩡한 안색으로 입매를 비틀었다.

"베어 넘길 수 없다면, 나가 뒈지겠지."

"허어."

"아니면 늙은이가 뒈지거나."

"허허."

담천이 너털웃음을 터트렸다. 독고월이 마음에 들어서
가 아니었다.

놈은 광오함으로 따지자면 천하제일이라고 해도 무방했
다. 반골기질이 다분한 아니, 반골 그 자체였다.

담천의 미간은 좁혀질 대로 좁혀졌다. 평범한 외양 속에
감춘 폭풍 같은 살기가 슬슬 일어날 기미를 보인다. 흑도
맹주 사도명과 전혀 다른 인물임을 보여주는 대목이었다.

하지만 남궁일 대협이란 귀한 패를 그냥 버리기엔 여러 모로 아쉬웠다. 지금은 초인적인 인내심을 발휘할 수밖에 없었다.

아직은 때가 아니니까.

"좋네, 초난희를 넘겨주지."

"……!"

"놀라는 척 할 거 없네. 어차피 우리 쪽에 있을 거라고 짐작했을 테니까. 허나 일을 끝마치고 난 뒤일세. 직접 찾아오게나. 본 야 구경도 좀 하고."

"그럴……!"

독고월이 반발하려는 걸 담천이 한 손을 들어 막았다.

"본좌가 이 정도까지 물러섰는데도, 계속 거절한다면 이 자리에서 끝을 보자는 걸로 생각하겠네."

슈슈슈슉.

기다렸다는 듯이 독고월의 주위에 내려선 검은 인영들이 있었다.

인영의 숫자는 정확히 열하나.

이제는 십일야가 된 십이야였다.

그네들의 만만치 않음이 피부로 느껴졌다.

"아무리 자네가 날고 기는 재주가 있어도 이들 다는 무리지. 한 손이 열손을 막을 수 없는 건 만고불변의 진리니까. 당연히 본좌는 예외이고."

담천의 말에 초절정 고수 열한 명의 눈빛엔 수긍의 빛이 떠올랐다.

절대고수.

담천은 여유로웠다.

독고월은 담천에게 실력으로도 안되고, 십일야에겐 숫자로도 안됐다.

무력감과 절망감을 안겨주기엔 충분한 조치였다.

담천이 십일야를 무슨 의도로 데리고 왔는지 뻔히 보였다. 결과적으로는 쓸데없는 짓이었지만 말이다.

"본좌의 인내심은 여기까지……."

"좋아. 초난희를 넘겨준다면 더 들어볼 것도 없지."

독고월은 선선하게 양손을 들어 보였다. 월광도는 이미 허리춤에 패용한 뒤다.

"……."

말을 잘린 담천이 의뭉스런 눈을 했다. 놈이 갑자기 너무 순순하게 굴었다. 막장을 치달으려는 놈의 태도에 최후의 압박을 가하기 위함이었는데.

독고월은 주위를 둘러보는 여유까지 보였다.

"하나같이 만만해 보이는 상대가 없네. 특히 다섯은 나조차 일대일 승부를 장담하기 어렵겠어."

"……."

뭐라 한마디 할 만도 하건만, 십일야는 가만히 있었다.

야주의 안전이었다. 경거망동은 금물이다.

그런데.

독고월이 다가오고 있었다.

목표는 익숙한 몸매를 가진 여인, 은야였다.

척하니 어깨에 팔을 두르는 독고월에 은야는 기함할 정도로 놀랐다.

소곤소곤.

은야는 귓가의 속삭임에 두 눈을 화등잔만 하게 떴다.

"뭐라고요?"

방금 들은 속삭임에 제 귀를 의심하는 표정이었다.

독고월이 씨익 웃었다.

"못 들었어? 용봉대전이 끝나고 날 데려가려고 할 땐 네가 직접 오라고. 저런 늙은이 보내지 말고. 같은 값이면 다홍치마라고, 늙은이보다는 계집이 여러모로 낫잖아? 적적할 때 유용하기도 하고 말이지."

꽉.

그러면서 독고월은 은야의 가녀린 허리를 안아 들었다. 그것만으로도 유용하다는 말이 어떤 건지 알만했다.

휙!

수치심에 얼굴이 벌게진 은야가 따귀를 올려붙이려고 했지만, 그럴 수 없었다.

덥석.

핏줄이 잔뜩 선 검은 손이 이미 그녀의 손목을 낚아챘다. 십일야의 수장 격인 광야(狂夜)였다. 딱딱한 목소리로 경고했다.

"경거망동하지 마시오."

"하지만……."

은야는 이를 악물었다. 그러다 자신을 바라보는 담천의 눈에 그래야만 함을 깨달았다.

무정한 담천의 눈동자에선 가늠키 어려운 격노가 숨겨져 있었다.

독고월도 그걸 모를 리가 없었다. 하지만 여전히 유들거리며 손을 휘저었다.

"그럼 돌아들 가봐. 이야기는 끝났으니까. 난 하던 일마저 해야겠어."

그러면서 독고월은 침상 쪽으로 갔다.

의복을 입고 누워있는 가해월을 보고는 제 옷을 벗기 시작했다.

스르륵.

순식간에 알몸이 된 독고월, 탄탄한 등 근육은 물론, 황금비율이라는 말이 어울릴 정도로 균형 잡힌 몸매는 보는 이로 하여금 감탄을 불러일으켰다.

독고월의 탄탄한 동체를 뒤에서 지켜본 은야의 얼굴이 수치심에 붉어질 정도다.

"이 무슨 짓……!"

은야가 말하던 입을 도로 다물었다. 너른한 그의 등이 숙여진 까닭이다. 가해월의 옆에 누운 것이다. 그러면서 가해월의 의복을 벗기기 시작했다.

"……!"

지켜보던 은야가 안절부절못할 정도로 독고월의 손길은 과감했다.

순식간에 가해월도 알몸이 되었다.

독고월이 막 그녀의 몸 위로 자신의 몸을 실으려는 찰나.

"경망스런 작자 같으니."

광야가 혀를 차는 걸 신호로 기척들이 사라졌다.

야주 담천은 진즉 떠났고, 마지막 남은 은야는 주저하다가 가해월의 품을 탐하던 독고월의 음흉한 눈빛과 마주쳤다.

"언제든 생각 있으면……."

파앙.

은야는 이어질 말을 듣기 싫다는 듯이 서둘러 떠났다.

기척들이 순식간에 멀어졌다.

독고월이 나직이 읊조렸다.

"…찾아오도록, 모조리 죽여줄 테니까."

3

스으윽.

침상 위의 이불이 가해월의 눈부신 나신을 가려줬다.

이불에서 손을 뗀 독고월이 몸을 일으켰다.

"이제 그만 일어나지. 이미 수혈을 푼 거 아니까."

가해월의 감은 속눈썹이 파르르 떨렸다. 곧 가해월이 붉어진 얼굴로 상체를 일으켰다. 웃기게도 이불로 상체를 가리고 있었다. 내뱉은 말도 가관이었다.

"본녀를 탐하려는 줄 알고."

"그럼 벌떡 일어났어야지."

"대체 왜 그래야 하는 건데? 그리고 남자가 칼을 뽑았으면 무라도 썰어야지. 도로 검집에 칼을 집어넣는 건 무슨 짓이래?"

"……."

이번엔 독고월이 말문을 잃었다. 의복을 입던 손이 멈칫할 정도다. 인상마저 구겨졌다.

가해월은 그걸 못 본 척 흐흥~ 거리며 웃었다.

"좋아, 뭐. 탐할 것도 아니라면 왜 본녀를 재운 거야?"

"얘기를 들어보니 흑야에 대한 원한이 사무친 것 같아서. 복수한답시고 초를 치면 곤란하지. 환술이란 능력으로 날 빼내려고 용을 썼을 거 아냐?"

"……."

틀린 말이 아니었는지 가해월은 반박하지 않았다. 게다가 독고월은 이곳에 야주가 올 거라는 걸 예상한 듯이 보였다. 혹 제자 년인 초난희에게 언질이라도 들은 걸까 싶어 가해월이 물었다.

"설마 야주가 이곳으로 올 거란 거, 그년에게 들었어?"

"듣긴 뭘 들어. 용봉대전에 내가 왜 참가했는데? 아, 오늘 심심한데 코흘리개들이나 패줄까? 해서 재미삼아 참가한 줄 알아?"

가해월은 물음에 물음으로 답하는 독고월의 꼬락서니가 맘에 안 들었다. 그래도 용봉대전을 참가한 덕분에 담천이 무거운 엉덩이를 이끌고 왔단 건 알겠다.

흑야의 제안에 대한 독고월의 호의적인 선전 행위였으니까.

흑야가 가장 바라마지 않는 무대는 정파 강호의 이목이 쏠린 용봉대전이었다.

독고월은 어깨를 으쓱였다.

"물론 야주란 놈이 직접 올 줄은 몰랐지. 그냥 목에 제법 힘주는 놈이 올 거라 여겼는데. 이거 월척이 걸릴 줄이야."

"그러다 뒈져봐야 정신 차리지? 야주를 우습게 보지 마! 지금 그 개놈의 자식은 네놈의 쓰임새 때문에 살려두는 거라고. 지금 너무 열 받은 나머지 다시 와서 사술이라도 걸면 어쩌려고 그래? 사야(詐夜)의 사술은 본녀 정도는 아니더라도, 그놈의 붉은 눈은 초절정 무인을 현혹할 정도로 꽤 대단하다고! 만약 놈들의 꼭두각시가 되면 어쩌려고 그래?"

사야, 개중 눈이 붉었던 이를 말하는 듯했다. 물론 독고월은 말하는 와중에 은근슬쩍 제 자랑을 해대는 가해월에 비웃음으로 답해줬다.

"그 정도로 멍청하진 않겠지. 그건 애써 준비한 무대를 망치는 자충수를 두는 거니까."

듣고보니 그랬다.

그 고리타분한 정파 놈들이 사술에 걸린 놈의 말을 믿어줄 리 만무하잖은가.

가해월은 버럭 소리 질렀다.

"그래도 위험한 건 위험한 거야! 조금 전 담천이 네놈을 죽였으면 어쩔 뻔 했냐고, 다시 한번 말하는데, 담천 그 개자식을 우습게 보지 마!"

"너야말로 그 개자식을 너무 우습게 보는 거 같은데?"

"……!"

독고월의 비아냥거림에 가해월은 꿀 먹은 벙어리가 됐다.

"야주란 놈을 제 기분 내키는 대로 행동하는 왈패로 보는 건가? 강호를 전복시키려는 놈이 제 목적을 잊고 나 죽인다고 날뛰겠어?"

들고보니 그랬기에 가해월은 할 말을 잃었다.

이제 독고월은 아예 대놓고 무시했다.

"가해월 낭자께선 생각할 수 있는 뇌라는 게 없는 건가? 그래서 그렇게 생각 없이 술과 아편에 찌들어 사셨나? 그 계집애가 아주 좋아하겠어."

가해월은 목덜미까지 시뻘게졌다. 당장에라도 환술을 걸어 삼일 밤낮을 개처럼 멍멍거리게 해주고 싶었으나!

–환술을 쓸 기미가 보이면, 장담하건대 네 모가지를 비틀어주지.

관두기로 했다.

저런 후안무치한 놈은 상대하는 게 아니다.

가해월은 긴 숨 고르기로 내면의 평화를 이뤄냈다. 소득도 있었다. 복수할 묘안이 수면 위로 서서히 떠오른 것이다.

"뭐, 좋아. 야주 문제는 그렇다 치고. 아까부터 궁금했는데, 왜 입혀놓은 본녀의 옷을 도로 빨가벗긴 건데? 못 먹는 감에 찔러넣어 볼 심산이었냐?"

"……"

이번엔 독고월이 입을 다물었다. 참으로 저속한 말때문

이었다.

가해월이 기세등등하게 굴었다.

"흥! 군자처럼 옷 입으라네, 어쩌네 하더니만 네놈도 여느 사내랑 똑같지! 왜 막상 본녀의 옷을 입혀놓으니 다시 벗기고 싶데? 이 끝내주는 몸매를 다시 못 보니 막 아쉽데? 그렇게 아쉬워서 면박까지 줘가면서 일부러 입힌 의복을 그렇게 풀어헤치셨어? 그것도 그 죽일 놈들 다 보는 앞에서!"

"……."

독고월은 입이 있어도 할 말이 없었다.

그러니 가해월은 더욱 기고만장했다.

"이거 어떻게 보상할 거야?"

"무슨 보상. 오히려 널 도와준……!"

"웃겨! 누가 누굴 도와줘? 청백지신의 처녀를 벗겨 먹으려던 주제에!"

누가 청백지신의 처녀란 말인가. 그리고 벗겨 먹는다는 건 또 뭐고.

성난 가해월에 독고월은 어처구니없다는 표정을 지었다.

그게 오히려 가해월을 더욱 날뛰게 하였다.

"뭐야! 지금 안 믿는 거야? 본녀가 오십 년 이상을 그 누구에게도 안 보여줬던 속살인데… 네놈은!"

신기루에 온 처음부터 지가 적나라하게 보여줘 놓고.

독고월은 그 점을 지적해줄까 했지만, 이어지는 가해월의 열변에 말할 새도 없었다.

"그걸 훑어보는 것도 모자라, 이 강호를 빌어먹을 나쁜 놈들에게까지 적나라하게 보여줬어. 그것도 같은 여자가 있는 모욕적인 상황에서도! 본녀는 이제 시집 다 갔어. 그 나쁜 놈들 다 있는 데서 속살이 까발려졌는데 어떤 잡놈이 데려가겠느냐고!"

가해월은 입을 쉬지 않고 놀렸다.

독고월의 머리가 다 아플 지경이었다. 저 닷 발 튀어나온 입을 다물게 하려고 막 성질을 부리려는 찰나.

"책임져. 이 나쁜 놈아."

어처구니없는 말에 독고월은 아연실색했다.

"누굴?"

"본녀를!"

"내가 왜?"

"지금까지 뭐 들었어? 모름지기 사내대장부라면, 청백지신의 처녀를 이리 농락했으면 응당 책임을 져야지."

"나이를 생각하시지. 오십 줄이라며? 알 거 다 아는 나이가 왜 이제 와서 순진한 척이야? 그리고 막말로 내가 널 정말 탐하기라도 했어, 어쨌어? 모두 그놈들을 물러가게……!"

"야 이 나쁜 놈아—!"

가해월이 고함을 내지르며 닭똥 같은 눈물을 뚝뚝 흘려댔다.

"성혼도 안 하고 한 사내만 해바라기처럼 바라봤다고, 본녀가 비록 기루를 운영하지만, 한 번도 사내의 손을 허용한 적이 없다고. 근데 네놈은……."

"됐고, 난 너를 어떻게 할 생각 따윈 없었으니깐 그쯤 해 둬. 그렇게 억울하다면 다른 방법으로 보상해줄 순 있지만, 나를 엮어볼 생각이거들랑 꿈도 꾸지 마."

"뭐, 뭐?"

"귀찮은 건 딱 질색이니까."

독고월은 단칼에 거절했다. 그리곤 뒤도 안 돌아보고 내실을 나섰다.

아무리 초난희에게 은혜를 입었다고 한들, 그 보은 방법이 가해월과의 엮이는 건 절대로 싫었다.

지금도 머리를 욱신거리게 하는 여인, 모용설화와의 문제도 남은 상황이다. 해서 지금의 독고월에게 여인은 귀찮은 골칫거리에 불과했다.

또 지금 당장은 초난희와 얽힌 문제만으로도 벅찼다.

"누, 누군 네놈한테 시집가고 싶어 간데? 이 벼락 맞아 뒈질 놈아, 본녀한테 이러면 안 돼, 안 된다고… 흐으 윽."

자존심에 상처를 입어 흐느끼는 소리가 들려와도.

무시하고 가던 길을 계속 갔다.

초난희, 고 계집애가 어떤 희망을 심어줬는지 몰라도.

내 알 바는 아니지.

4

천 길 낭떠러지 위에 선 두 인영이 있었다.

그 중 한 명인 광야는 노인 담천의 뒤에 시립 해있었다.

담천은 천하를 오시하는 눈빛으로 내려다보고 있었다.
그의 귀로 광야의 분노 어린 음성이 들려왔다.

"죽음을 각오하고 아뢰겠습니다. 어째서 남궁일을 살려
두시는 겁니까? 감히 야주님께 불경하게 군 자입니다. 아
무리 효용가치가 큰 자라고 해도, 이대로 놔두는 건 아닌
듯합니다."

"……"

담천은 묵묵부답이었다.

광야는 재차 묻는 것보다 가만히 기다렸다.

담천이 대답하면 듣고, 말하지 않으면 더는 묻지 않는
다.

그들만의 암묵적인 규칙이었다.

그나마 십일야의 수장인 광야였기에 이렇게 대면한 자리에서 묻는 게 가능했다. 만약 다른 이였다면 말을 꺼낸 뒤에 목이 잘렸을 것이다.

정말 목숨을 걸어야 했으니까.

광야는 긴 시간을 참을성 있게 기다렸다.

곧 담천의 호젓한 눈길이 광야에게로 향했다.

"영악한 놈이다."

말한 놈이 누군지 모를 리가 없던 광야가 고개를 갸웃거렸다.

"야주님의 십초지적이 될까 말까 한 놈입니다. 아무리 영악하다고 한들 비망록 앞에선 무소용입니다."

초절정 고수가 십초지적이라니.

하면 야주 담천은 사람이란 틀을 아득히 초월한 신화경에라도 오른 걸까.

"그렇긴 하지. 하나……."

담천도 부정하지 않았다. 담담한 태도는 그것이 거짓이 아니라고 말해줬다. 담천은 자신을 올려다볼 생각도 하지 않는 극진한 태도의 광야를 보았다. 조금 전 그놈이 겹쳐 보였다. 당당하다 못해 오만하기 짝이 없는 눈빛이 말이다. 절로 살기가 끌어 올랐다.

"……!"

그 살기를 느낀 광야는 입술을 꽉 깨물었다. 가슴 속에서 들불처럼 일어나려는 분노 때문이었다.

광기로 번들거리는 광야의 눈빛이 말해줬다. 담천의 살기에 격렬하게 반응하고 있음을.

한 마디로 자신을 잃었다.

"야, 야주님."

가슴이 진탕되는 기분을 억누를 수 없던 광야가 다급히 외쳤다. 이대로 가면 담천에게 불경한 짓을 저지를 것만 같았다.

그래선 안 됐다.

그랬다간 끝장이다.

광야는 입술에서 피가 날 정도로 깨물며 내면의 광기를 억누르려고 부단히 애를 썼다.

쿠웅.

기어코 광야의 이마가 땅을 내리찍었다. 순식간에 이마에서 피가 터져 나와 바닥을 적실 정도로 격렬한 박치기였다. 터져 나오려는 광기를 억누르기 위한 것이다.

그제야 담천이 살기를 거둬줬다. 희미한 웃음기 띤 목소리가 흘러나왔다.

"그간 성취가 있었군. 이젠 당대 마교의 교주도 자네의 상대가 되진 않을 거네."

"야주님의 은덕 덕분입니다."

광야가 떨리는 목소리로 답했다. 큰 성취가 있었다고 해도 자신을 추스르기엔 시간이 필요한 듯 보였다.

담천은 어째서 광야가 덤벼들지 못하는지 잘 알고 있었다.

공포.

몸과 마음을 다해 충성을 바치는 주군이기도 했지만, 그 공포에 굴복하고 만 것이다. 아까 봤던 그놈보다 강한 게 분명한 광야인데도.

"발칙하게도 주먹질까지 했지."

그 한마디에 광야의 얼굴이 시뻘게졌다. 왠지 모르게 광야 자신보다 그놈을 윗줄에 놓는 듯한 느낌이 들어서다. 물론 광야는 섣부르게 입술을 떼진 않았다.

담천이 그렇다면 그런 것이다.

반론은 허용하지 않는 주군 아니던가.

광야는 불같이 끓어오르는 분기를 곱씹으며 놈과의 후일을 기약했다. 그리고 보여줄 것이다. 자신이 놈보다 윗줄임을.

그 내심을 짐작이라도 한 듯 담천이 말했다.

"물론 자네가 더 강한 건 두말할 것도 없지. 그보다 본좌가 어째서 놈을 살려두는지 정말 모르겠나?"

"……."

정말 모르겠는지 광야는 입을 꾹 다물었다.

담천이 입가에 호선을 그렸다. 무공으로는 당대에 세 손

35

가락 안에 드는 강자인데, 머리나 눈치로는 그렇지 못했다.

"남궁일 대협이란 패가 가진 효용가치 때문만은 아니란 건 어렴풋이 알고 있을 거라 믿겠네."

"......."

광야의 숙인 얼굴이 구겨졌음은 말할 것도 없었다. 그것 때문이라고 생각했다는 증거였다.

끌끌하고 혀를 찬 담천은 뒷짐을 지었다. 광야에 대한 실망감 때문이 아니었다. 그 부족함을 메우고도 남을 점이 광야에겐 너무 많았다. 과거엔 백년수재라고 불렸던 광야 였는데, 익힌 무공의 특이성에 의해 오성이 둔해진 게 좀 안타까워서다.

"본좌가 놈을 영악하다고 한 건 다른 게 아니네. 용봉대 전에 나선 놈의 의도가 새삼 느껴져서네."

"어차피 그리될 게 아니었습니까?"

"용봉대전을 통해 일을 진행 시키려고 한 건 맞지만, 왠 지 놈이 그걸 역이용할 것 같다는 느낌을 지울 수가 없더 군."

"......."

광야의 침묵에 담천은 이어 말했다.

"물론 비망록에 쓰인 대로라면 기우에 불과한 생각이 나, 비틀린 놈의 언행과 행동거지를 보자니 손안에 쥐고 흔드는 게 쉽지 않을 거 같아."

"저희에겐 말을 잘 듣게 할 패가 있지 않습니까?"

광야의 물음에 담천은 고개를 끄덕였지만, 미진한 구석이 남은 표정을 해 보였다.

"그렇긴 하나, 화전민촌에서 놈이 보낸 한 달이 왠지 모르게 걸리는군."

"사야가 그 이상한 운무를 걷어내기까지 걸린 시간이 말입니까?"

"그렇다네. 천기자의 손녀가 뭔가 수작을 부렸음이 분명한데, 알 길이 없다니 말이야. 그렇다고 물을 수도 없고."

광야는 담천의 걱정이 기우라고 말해주고 싶었다. 하지만 그러지 않았다. 밤하늘을 올려다보는 담천의 눈빛이 형형하게 빛나서다.

"설령 무슨 수작을 부렸다고 해도 본좌의 천하를 얻기 위한 대계는 막을 수 없을 거네. 어느 누구가 감히 본좌의 앞길을 막을 건가? 행여라도 비망록에 쓰인 대로 운명의 수레바퀴가 굴러가지 않는다면, 억지로라도 굴러가게 할 힘이 본좌에겐 있지. 아니 그런가?"

털썩.

"지당한 말씀이십니다. 감히 단언컨대 모든 건 야주님의 뜻대로 갈 것입니다. 저희 십일야를 비롯한 수많은 종복이 야주님에게 목숨은 물론, 영혼까지 바쳤으니까요!"

부복한 광야는 격동에 찬 표정으로 외쳐댔다.

담천은 흐뭇하게 웃고는 밤하늘의 달을 올려다봤다.

"그렇다면 이미 흑야의 천하일세."

第 2 章

第 2 章.

1

"이 천하의 몹쓸 파렴치한아."

"……."

"이 여인을 등 처먹다 못해 등골까지 쪽쪽 빨아먹을 놈
아."

"……."

"이 날벼락을 두 번 맞아도 뻔뻔한 낯짝으로 살아남을
놈아."

무시하고 앉아있던 독고월의 고개가 기어코 돌아갔다.
통째로 빌린 객잔의 구석진 곳에서 중얼거리고 있는 가해
월을 향해서다.

한데 입은 복장이 가관이다. 홍등가의 유녀는 저리 가

라 할 정도로 무척 선정적이었다. 진한 화장은 당연하고, 옆이 쫙 트여 매끈한 다리가 드러나는 건 물론, 젖가슴은 절반이나 나와 세상에 자신의 존재를 과시하고 있었다.

덕분에 일행의 표정은 대동소이했다. 하나같이 불편해했는데, 특히 모용설화의 시선이 가장 볼만했다. 한겨울의 된서리 뺨치는 그녀의 눈빛이 묻고 있었다.

대체 어떻게 된 거냐고.

동생의 눈치를 보던 모용준경이 조심스레 말했다.

"독고 형님에게 볼일이 있으신 거 같은데, 같이 동석함이 어떠……!"

모용준경은 말을 멈출 수밖에 없었다. 동생 모용설화의 눈빛이 쏜살같이 꽂혀와서다. 앙칼지게 노려보는 걸 떠나서 생전 처음으로 동생에게 두려움을 느낄 정도였다. 하지만 이미 내뱉은 말은 주워담을 수 없었다.

털썩.

가해월이 얼른 식탁의 한 자리를 차지해버린 것이다. 독고월의 눈총에도 가해월은 시침 뚝 뗐다.

"고맙구나. 그간 본녀에게 흑심을 품고 친절하게 구는 사내놈들이 양손으로 헤아릴 수 없게 많았지만, 너처럼 잘난 애의 흑심은 얼마든지 받아줄 요량이 있단다."

"그게 무슨 말씀이신지?"

잘난 청년 모용준경이 드물게 당황해서 되물었다.

가해월이 소매로 입을 가리며 짜랑짜랑하게 웃었다.

"전도유망한 잘난 네놈이라면 얼마든지 자빠져줄……!"

"입만 열면 헛소리니 신경 쓸 거 없다."

독고월이 가해월의 말을 단칼에 잘랐다.

가해월이 불만스러워하는 눈초리를 했지만, 이미 뒷말을 예상한 모용준경의 얼굴은 살짝 벌게져 있었다.

육감적인 몸매를 가감 없이 드러낸 아니, 과시하고 있는 가해월이었다. 그녀가 한 말이 어떤 뜻인지는 바보가 아닌 이상 알았다.

물론 이 일행 속에 바보가 있었다.

"초난희 누님의 스승님께선 누우셔서 뭘 하시려는 겁니까? 졸리기라도 하신 겁니까? 아! 용봉대전에서 형님께 일패도지의 고배를 마셔서 많이 피곤하신 겁니까?"

바로 큼지막한 눈을 껌뻑이는 서문평이겠다.

어린애답지 않은 말투에 담긴 순진무구함에 가해월이 음흉하게 웃었다.

"후후, 남녀 둘이서 이만저만한 짓들을 하는 거란다. 좀 더 자세히 설명하자면 남녀가 같은 침상에 누워서 서로의 옷을 벗긴 뒤……."

"안 돼요!"

옆에 있던 아민이 서둘러 서문평의 두 귀를 막았다.

깜짝 놀란 서문평이 당황해 했지만, 가해월이 재잘댈수록 얼굴이 도화 빛으로 물들어가는 아민을 발견했다.

뭐지?

귀가 막혀 들을 수 없던 서문평이 주위를 둘러봤다.

모용준경은 헛기침까지 하며 난처해했고, 모용설화는 꽉 쥔 두 손으로 고개를 홱 돌렸다. 마치 못들을 걸 들은 사람처럼 표정이 좋지 않았다.

형용해선 안 되는 묘사의 수위가 갈수록 높아진 탓이다.

탁.

독고월이 잔을 소리 나게 내려놓았다.

"적당히 하지. 귀가 썩을 것 같군."

"뭐야? 왜 귀가 썩는데? 네놈이 침상 위에서 본녀에게 한 짓인데!"

가해월이 앙칼지게 외쳤다. 과장이 다분히 섞여 있었지만, 당사자가 아닌 사람들이 그걸 알리 없었다.

덕분에 모용준경과 모용설화. 아민까지 표정이 매우 좋지 않았다.

모용설화는 얼굴이 벌게진 것도 모자라, 눈물마저 글썽거리고 있었다. 하지만 꾹 내리눌러 참아내려고 애쓰는 중이다. 뒤에서 중얼거리던 가해월의 말에 어느 정도 예상한 일이었다.

또 무엇보다 모용설화와 독고월과의 관계는 정인이라고

하기엔 무리가 있지 않은가.

"……."

모용준경이 그런 동생의 모습을 어두운 낯빛으로 바라봤다. 어쩔 수는 없었다. 조금 전 아버지 모용선과의 만남에서 북리세가와의 혼담에 대해 듣고 온 마당이었다. 모용세가의 소가주로서는 반겨야 할 상황임에는 분명하나, 모용준경은 모용설화가 상처받는 게 걱정됐다.

아민과 서문평은 심상치 않은 분위기에 눈알만 또르르 굴려댔다.

가해월의 발언에 주위에 있는 이들이 어찌 오해할지 뻔히 알만한 독고월이었다. 하지만 별다른 대응을 하지 않았다. 오히려 잘됐다고 여기는 중이다.

오해가 커지면 단념은 쉬워지는 법이니까. 단념시킬 그 대상이 누군지는 굳이 말할 필요는 없으리라.

제 앞에 놓인 찻잔을 집어든 독고월, 내친김에 한술 더 떴다.

"하긴 그도 그렇군. 이미 볼 장 다 본 사이인데 말이지."

"……!"

가해월을 비롯한 주위의 시선은 경악으로 물들었다. 특히 모용설화의 눈빛은 애처로울 정도로 떨렸다.

"아."

세상이 무너질 것 같은 얼굴로 흘린 모용설화의 신음성
이었다.

모용준경마저 드물게 침음성을 흘렸다.

아민은 아민대로 얼굴을 붉혔고, 서문평은 서문평대로
의아했는지 뒷머리를 긁적이며 물어왔다.

"저어, 형님."

"……"

독고월은 그 부름에 대답조차 하지 않았지만, 서문평은
아랑곳하지 않고 떠들었다. 궁금한 건 참지 못하는 성격의
증거였다.

"볼 장(掌)을 다 본 사이라 함은… 혹 형님께서 손금을
보는 데 일가견이 있다는 이야기십니까?"

"……!"

독고월을 비롯한 모두가 어처구니없다는 듯이 쳐다봤지
만.

서문평은 엄지를 바짝 추켜세웠다. 근래 들어 독고월을
칭송하는 걸 소홀히 한 것 같아, 침까지 튀겨가며 과장되
게 말했다.

"역시 다방면에 뛰어난 재주가 있으신 형님답습니다.
새삼스럽지만 정말 존경스럽습니다. 어째서 아민 소저가
얼굴을 붉히고, 초난희 누님의 스승님께서 화를 냈는지 이
제야 알겠습니다. 형님처럼 끝내주는 미남자가 침상 위에

서 아녀자의 손금을 봐주며 속삭이는 일이, 여인에겐 여간 남사스러운 게 아니란 걸 소제는 잘 알고 있습니다."

탁.

어른스럽게 무릎을 치며 웃기까지 한 서문평이었다. 독고월의 마음에 들려는 그 모습이 애처로울 지경이다.

서문평이 손사래를 쳤다.

"아! 물론 부럽다는 이야기는 아닙니다. 형님께서 친히 손금을 봐주시는……."

말하다가 만 서문평은 문득 든 생각에 서둘러 고개를 도리질 쳤다. 그런데도 시선은 자꾸 제 손 쪽으로 향하고 있었다. 누가 봐도 독고월이 제 손금을 봐주는 모습을 상상하는 걸로 보였다. 헤벌쭉 벌어진 입이 확신을 더해줬다.

―우리 평이 손금은 몇십 번을 봐도, 어쩜 이렇게 티가 나게 고금제일 대협의 손금을 가지고 있지? 남궁일 대협과 같은 명운을 타고났다니 참으로 대단하구나.

―아, 아닙니다. 형님! 감히 소제가 고금제일대협의 손금을 가지고 있다니요. 천부당만부당하신 말씀입니다. 어찌 대단하신 형님을 제쳐놓고 그럴 수 있겠습니까?

―하하, 참으로 겸손하구나. 그렇다면 평이 네가! 당금제일의 손금이다. 이건 하늘이 알고 땅이 아는 부인할 수 없는 사실이지.

-혀, 형님! 가당치도 않은 말씀입니다. 거두어주십시오. 고금제일 남궁일 대협의 뒤를 이을 분은 당금제일 대협이신 형님이 유일하십니다!

-뭐? 하하!

"아!"

상상만으로도 좋았는지, 서문평은 짤막한 탄성과 함께 몸을 부르르 떨었다. 독고월을 물끄러미 올려다봤다.

그 절실히 갈구하는 눈초리로 끝냈으면 좋으련만.

"형님, 소제도……!"

퍼석!

독고월이 들고 있던 찻잔을 바숴버렸다.

그 모습에 서문평은 흡! 소리를 내며 양손을 등 뒤로 감췄다. 이어진 무시무시한 말 때문이었다.

"왜? 그놈의 방정맞은 손모가지를 아예 부러트려 주랴?"

2

"끄윽, 끅!"

구석으로 가서 훌쩍이는 서문평의 등을 아민이 부드럽

게 쓸어줬다.

"울지 마세요, 소협."

"끄윽, 끅!"

서문평은 쉬이 울음을 그칠 수가 없었다. 독고월이 한
말은 물론, 그 살벌한 눈빛에 하마터면 오줌까지 쌀뻔한
까닭이다. 그나마 아민이 달래줘서 진정하는 중이지만, 이
어진 예쁜 소녀의 말은 서문평을 절망케 했다.

"하지만 눈치가 없어도 너무 없었어요. 다음부턴 말할
때 제게 먼저 물어보고 말하도록 해요. 순진한 건지, 바보
인 건지. 어휴."

"……!"

울던 서문평은 양손으로 입을 틀어막았다. 회복할 수 없
는 상처에 오열이 나오려는 걸 참은 것이다. 얼른 무릎에
얼굴을 파묻었다. 그러고는 숨죽여 울었다.

"정말, 바보처럼 계속 울고 그래요? 소협."

아민이 한숨을 내쉬며 등을 두드려줬지만, 불난 집에 부
채질하는 격이었다.

이미 애가 참을 수 있는 한계는 끝났다.

곧 서문평은 꺼이꺼이 목놓아 울었다.

가해월이 애에게 너무했다는 눈초리를 독고월에게 보냈다.

당연히 독고월은 쳐다도 안 봤다. 찻잔에 찻물을 채울
뿐이었다. 그러다 모용설화와 눈이 마주쳤다.

모용설화가 작게 미소 지었다. 누가 봐도 억지로 짓는 미소로 보였다.

독고월은 가볍게 시선을 떼고는 모용준경을 바라봤다. 복잡한 표정을 하고 있지만, 이 자리의 누구보다 이성적인 사고를 할 수 있는 인원이었다.

"다음 상대에 대해 얼마나 잘 알고 있지?"

독고월의 화제를 돌리는 질문에 모용준경은 낯빛은 물론, 태도까지 고쳐앉았다. 최음제에 중독된 동생과의 지난 일로 독고월에 대한 태도가 달라진 모용준경이었다.

겉보기엔 독고월이 또래로 보이나, 무공수위와 언행을 보면 전대 고인까진 아니더라도 모용준경보다 연장자로 느껴진 탓이다.

"설우, 아무래도 들어본 적 없는 이름인지라 잘 모르겠습니다. 지난 비무를 쭉 보긴 했지만 이렇다 할 특이점은 발견하지 못했습니다. 황보윤을 종이 한 장 차이로 이긴 걸 보면, 강자이긴 하나… 제가 온 힘을 다한다면 문제없을 것 같습니다."

지금까지의 비무만 놓고 보면 타당한 말이었다.

하지만 설우란 자는 모용준경보다 고수였다. 아직은 상대를 보는 눈이 미흡했다.

독고월은 나직이 경고해줬다.

"상대는 너보다 강하다."

"그렇습니까?"

낯빛이 살짝 변한 모용준경에 독고월은 기권하는 걸 권유할까 했지만, 생각으로만 그쳤다. 길고 짧은 건 대봐야 했다. 거기다 지금 모용준경의 눈빛은 뜨겁게 불타오르는 중이었다.

가해월이 둘 사이로 끼어들었다.

"설우란 이름은 가명이야."

"낭자, 그게 무슨 말씀이시오?"

모용준경에게 낭자라 불린 게 기뻤는지 가해월이 만면에 미소를 띠웠다. 하나부터 열까지 다 설명해줄 선심이 절로 생긴듯했다.

"마교에서 잠입시킨 고수지. 용봉대전에 참가한 후기지수들의 수준보다 당연히 윗줄이고. 아마도 정파의 잘난 후기지수인 너도 그의 상대가 못 될 거야. 본녀조차도 승부를 장담하기 어려울 정도거든."

"……."

모용준경의 검미가 살짝 움찔했다. 그녀의 말에 자존심이 상한 것보다, 여인의 수준이 자기가 생각했던 것보다 대단해서였다. 확실히 가해월에게서 만만치 않다는 느낌은 받았다. 하지만 이렇게 면전에서 대놓고 자신보다 위라고 말할 줄은 몰랐다. 그렇다고 기분이 나쁘지 않았다.

이 강호에 기인이사는 많은 법.

짧은 식견으로 모든 걸 재단해선 안 되는 법이었다.

"걱정해줘서 고맙소."

"뭘, 그나저나……."

가해월이 흐응~ 거리며 모용준경에게 요염하게 다가갔다.

"…이거 볼수록 마음에 드네. 어쩜 이렇게 공명정대한 심성을 지니게 된 거지? 용모도 매우 준수한 게 딱 내 취향이고 말이야."

겉과 속이 똑같은 모용준경.

확실히 걸출한 인물이었다.

"……!"

걸출한 모용준경도 어깨를 짚는 가해월의 요염한 손길을 거절하지 못했다. 점점 자신의 가슴 쪽으로 쓸어내리는 손길에 곤란해할 뿐이었다. 가해월에게 모질게 대하지 못하는 이유는 간단했다. 독고월과 깊은 연관이 있어 보여서다.

덥석.

가해월의 손목을 모용설화가 잡았다.

"거기까지만 하세요. 남궁세가와 태중 혼약한 사람이 있는 오라버니에요. 정혼자가 있는 사람에게 정도를 넘어선 행동은 삼가주세요."

그렇지 않아도 기분이 좋지 않았던 모용설화의 목소리

는 무척 차가웠다. 독고월과 뭔가 있는 듯한 것도 마음에
들지 않았는데, 모용준경에게까지 꼬리를 치는 듯한 행동
에 화가 난 것이다.

가해월은 모용설화에게 입술을 삐죽였다.

"말 참 싹수없이 하네. 어디 어린년 무서워서 남정네에
게 수작이나 걸겠어?"

"......!"

어린년이라니, 것도 대놓고 수작이라 하는 건 또 뭐고.

모용설화의 아미가 하늘 위로 치솟았다. 모용설화는 한
마디 할까 했지만, 가해월이 강호의 선배임을 이미 눈치채
고 있었다. 그렇기에 '참을 인' 자를 속으로 무수히 되뇌
었다.

독고월과 연이 있어 보이는 가해월에게 함부로 대할 수
는 없는 노릇이다. 무례하게 굴면 안 됐다. 가해월이 아닌
독고월을 위해서라도.

"웃겨."

가해월은 홍! 소리를 내며 콧방귀를 꼈다. 어떻게 돌아
가는 상황인지 파악한 것이다. 물론 지금의 모용설화를 보
면 누구나 눈치챌 수 있었다.

모용설화는 줄곧 독고월만 바라보고 있었으니까.

마침 찻잔을 재차 비워낸 독고월이 입술을 뗐다.

"해월, 애들 데리고 노는 건 그쯤 하지그래."

모두가 턱이 빠져라 입을 벌렸다.

"뭐?"

정작 당사자인 가해월이 매우 놀랐다. 부른 호칭도 호칭
이지만, 독고월의 어투가 너무 부드러워서다. 조금 전까지
만 해도 된서리 뺨치게 대하던 놈이 무슨 바람이 불어 이
리 나오는지 갈피를 못 잡겠다. 마음 같아서는 천안통을
써보고 싶었다.

물론.

여기에 오기 전에 천안통을 이미 써본 가해월이었다. 그
러나 독고월의 마음은 흐릿한 안개에 가려진 것처럼 보이
지 않았다.

솔직하고 상대적으로 약한 애송이들과 달리 독고월은
능구렁이자 그들과 같은 초강자였다. 야주 담천과 십일야
처럼 속마음을 읽어드릴 수 없단 소리다. 그러니 연륜이
주는 눈치로 짐작할 수밖에.

가해월이 옆쪽을 돌아봤다. 모용설화의 안색은 창백하
게 질려있었다. 아름다운 봉목은 사정없이 흔들리는 중이
다.

이것 봐라?

가해월이 엷은 미소를 지었다. 방법을 찾은 것이다. 독
고월과 달리 모용설화는 아무런 방비를 하지 못한다.

가해월의 두 눈동자가 허옇게 희번덕거렸다.

천안통이 발현된 것이다.

우는 아이 서문평을 뺨치고 어르던 아민이 일어섰다가, 그런 가해월의 모습을 보고 화들짝 놀랐다.

"귀, 귀신!"

아민의 경악에 서문평도 고개를 들었다. 그 눈물 젖은 눈동자가 아민의 손가락질을 따라갔다. 그리곤 가해월의 허연 눈을 발견하고 저도 모르게 외쳤다.

"기, 기분 나쁩니다!"

애송이들의 말에도 가해월은 성질을 부릴 수가 없었다. 형상이 있는 것으로부터 아무런 장애도 받지 않고 자유자재로 훤히 꿰뚫어 보는 천안통 때문이었다. 미래는 몰라도 과거는 읽어들일 능력이 되었다.

독고월과 모용설화 사이에 벌어진 일들이 책장 넘어가듯이 넘어갔다.

찰나의 시간이 흐르고.

"……."

곧 눈동자가 원래의 색으로 돌아온 가해월은 예상외로 침묵했다.

모용준경과 모용설화는 이게 대체 무슨 영문인지 모를 표정을 하고 있었다.

아민과 서문평은 딸꾹질을 할 정도로 놀랐는지, 서로의 손만 꼭 잡고 있었다.

오직 독고월 만이 가해월이 무슨 짓을 했는지 짐작했다.

아마도 천안통을 썼으리라.

"미관상 썩 보기 좋지는 않군."

"……."

고개를 돌린 가해월의 눈동자엔 책망이 어렸다. 독고월이 한 말 때문이 아니었다.

"날도적놈."

가해월이 연이어 중얼거렸다.

"천하에 다시없을 못된 놈."

독고월은 무엇 때문에 저런 말을 하는지 알 것 같았기에 미소로 받아줬다.

가해월은 어째서 저리 웃는지 잘 알았다. 독고월은 자신을 이용해 모용설화의 마음을 단념시키려는 중이다.

모용설화는 그것도 모르고, 투명한 눈망울로 독고월과 가해월을 번갈아 볼 뿐이었다.

그녀는 나날이 커지는 방심을 주체하지 못할 게 뻔했고.

그의 매몰찬 말과 태도에 상처를 받을 것이며.

그에게 닿을 수 없는 마음에 절망할 테고.

그런 뒤.

원치도 않는 이에게 팔려가듯이 떠나가게 되겠지.

"젠장맞을."

그러니 가해월의 고우신 입에서 욕설이 절로 나올 수밖에.

"안 어울리는 남 걱정은 왜 하게 만들어서 짜증나, 정말!"

영문 모를 소리도 함께 말이다.

3

독고월을 보는 가해월의 눈꼬리가 뾰족해질 무렵.

"가해월 낭자, 아까 하시던 말씀을 계속해주시면 안 되겠소?"

심상치 않은 분위기에 모용준경이 얼른 나섰다.

가해월은 짧게 코웃음을 치며 독고월 쪽을 바라봤다. '네가 설명해주는 게 어때?' 라고 묻는 듯했다.

하지만 독고월은 가해월이 나선 뒤로 제삼자가 되기로 작정한 듯이 묵묵부답이었다.

고개를 가로저은 가해월이 짤막하게 설명해줬다.

"잘난 네놈이 후기지수 중에서 방귀깨나 뀌었다고 해도, 상대는 마교가 비밀리에 키운 고수야. 수라장을 거쳐 온 진짜 고수지. 그자가 십에서 칠의 수준이라면 네놈은 사에서 오정도야. 게다가 놈에겐 비장의 한 수도 있다고."

한 수 이상 처진다는 말로는 부족할 지경이었다.

모용준경이 입매에 호선을 그렸다.

"그 정도라면 해볼 만하오."

"하! 상대를 너무 우습게 보는데? 무림맹에 심어두기 위해 전략적으로 키워진 놈이라고. 과거 세탁만 잘해놓은 게 아니라 실력까지 구린 구석 하나 없게 만들어놨단 말이지."

가해월이 가당치도 않다는 듯이 코웃음 쳤다.

모용준경의 표정은 한 치의 흔들림이 없었다. 태산같이 굳건한 자세로 말했다.

"그렇다면 더욱 질 수 없소. 반드시 이겨야 할 이유가 생겼소."

"아서라. 객기부리다 죽어. 차라리 그러지 말고, 무림맹의 비각으로 달려가서 알리도록 해. 증거를 원한다면 구해 줄 수도 있어. 내 능력이면 가능해."

가해월의 충고에 모용준경이 단호하게 말했다.

"낭자, 본인을 너무 우습게 보지 마시오. 길고 짧은 건 대봐야 아는 거니. 반드시 그자를 본인 손으로 꺾은 뒤, 결승에 오를 것이오. 그리고……."

뒷말을 삼켜도 충분히 이어질 말이 예상됐다. 독고월을 바라보는 모용준경의 뜨거운 시선 덕분이었다.

"……."

이쯤 되면 무슨 말을 해도 먹히지 않는다.

그의 굳건한 눈동자 속에서 고래심줄보다 질긴 의지가 엿보였다.

가해월은 한 마디 더해줄까 했지만, 모용준경은 이미 자리에서 일어나고 있었다.

"내일을 위해 먼저 들어가서 쉬어야겠소. 독고 형님과의 비무가 이루어지기 위해선 반드시 이겨야 하니까."

그러면서 뒤도 안 돌아보고 객실로 올라갔다.

모용설화가 불안한 눈으로 모용준경의 뒷모습을 쫓았다.

가해월이 혀를 찼다.

"쯧쯧! 저러다 죽지, 죽어. 무인의 자존심보다 제 생명이 더 중한 걸 왜 모를까."

"……."

모용설화는 화가 났다. 아무리 걱정해준다고 하지만, 모용준경을 무시하는 정도가 지나쳤다. 한 마디 톡 쏴주고 싶었으나, 일단은 오라버니를 설득하는 게 우선이었다.

다다닥.

모용설화가 객실로 따라 올라가자, 지켜보던 아민과 서문평도 뒤따라갔다. 그걸 보아 모용준경이 애송이들의 심경 속에서 차지하는 비중이 제법 되는 듯했다.

애송이들까지 사라지자, 이곳에 있는 사람은 가해월과 독고월이 유일했다. 자연히 둘 사이엔 침묵이 흘렀다.

가해월은 답답하다는 듯이 제 가슴을 쳤다.

"이대로 지켜만 보고 있을 거야?"

"지켜보지 않으면."

"일행이잖아? 그 잡놈에게 죽으면 어쩌려고 그래."

가해월의 걱정 아닌 걱정에 독고월은 조소를 흘렸다. 단둘이 남자 말투와 태도가 달라진다.

"일행도 아닌 네가 무슨 상관인데?"

"뭐?"

가해월은 일순 말문이 막힌 듯했지만, 곧 두 눈을 가늘게 떴다.

"말하는 싹수 좀 봐. 좋아, 본녀의 일행이 아니니 상관하지 않는다고 쳐. 네놈은 일행이잖아? 적어도 걱정하는 척이라도 해야 하는 거 아니냐?"

"일행은 개뿔."

독고월은 차갑게 쏴주고는 점소이를 향해 손짓했다.

멍하니 있던 점소이가 얼른 다가왔다. 독고월의 짤막한 주문에 곧 술상을 내왔다.

가해월이 거하게 차려진 술상을 보며 손뼉을 쳤다.

"어찌 본녀의 마음을 이리도 잘 알지!"

"너 먹을 거 아니다."

독고월은 딱 잘라 말했다.

가해월이 눈을 흘겼다.

"뭐, 모용설화를 떼어내려면 본녀의 도움이 필요할 텐데 말이야. 그러지 말고 겸상하지?"

"……."

이미 모든 내막을 알고 있는 가해월에 독고월은 비릿한 조소만 흘렸다.

가해월은 소매로 입을 가렸다.

"네놈의 삿된 짓을 모두 본 본녀가 도와주면, 호랑이에 날개를 달아준 격이지! 본녀가 가진 능력이 대단하잖아?"

"그러게. 남의 속내를 훔쳐보는 관음증은 정말이지 감탄을 금치 못하겠어. 정도는 지킬 줄 알았는데 말이야. 하긴, 처녀라는 계집이 기루를 차릴 때부터 알아봤어야 했지. 남을 훔쳐보는 재미가 그리 쏠쏠하던가, 음란한 계집?"

"……!"

졸지에 관음증이 있는 음란한 계집이 된 가해월이었다. 그런 게 아니라고 항변하고 싶었으나, 독고월의 경멸 어린 시선이 말문을 막히게 했다.

"남의 속내를 낱낱이 훔쳐보니 좋으냐고 묻잖아?"

누군 훔쳐보고 싶어서 본 줄 알아! 라는 말이 턱밑까지 차올랐지만 내뱉지 못했다.

훔쳐본 건 사실이었으니까.

가해월은 빨개진 얼굴로 입만 뻐끔뻐끔 벌렸다.

독고월의 비아냥거림은 계속됐다.

"아주 대단한 능력이 있어서 좋겠어? 천하를 싸돌아다니며 남들 훔쳐보느라, 제자가 위험에 빠진 것도 모를 정도로 정신 못 차리게 좋았나? 아니면 사내들이랑 놀아나느라……!"

짜악!

성난 가해월이 저도 모르게 손바닥을 휘두른 것인데.

"아앗!"

때린 당사자가 더 놀랐다. 독고월의 뺨에 붉은 손자국이 새겨진 걸 보며 믿기지 않아 했다. 당연히 안 맞을 거라 여겼던 것이다. 가해월이 서둘러 변명해댔다.

"피, 피했어야지!"

변명이 너무 뻔뻔했다.

독고월의 무감각한 시선은 등골이 오싹할 지경이었다.

가해월이 빨개진 얼굴로 어쩔 줄 몰라 했다.

갑작스러운 상황에 점소이도 어쩔 줄 몰라 했다. 아까처럼 뭐라 떠드는 것 같은데 하나도 들리지 않아서다.

독고월이 암암리에 펼쳐놓은 기막이 원인이었다.

가해월도, 다른 이도 그걸 잘 알았기에 중요한 이야기를 나눴던 것이다.

점소이는 어리둥절했지만, 강호엔 눈앞의 이들 말고도 이상한 손님들은 많았기에 당황하진 않았다. 그저 코를 파며 독고월의 손을 주시할 뿐이었다. 여인을 때릴지 말지 기대된다는 표정이었다.

하지만 독고월은 당황한 가해월을 쳐다보며 냉소를 흘릴 뿐이다.

"이걸로 빚은 없다."

"뭐?"

독고월은 답하지 않았다. 그저 술잔을 들어갔다.

가해월은 재차 물어보려다가 멈췄다. 설마 죽일 놈들 앞에서 옷을 벗겼던 일을 말하는 건가 싶은 것이다.

"아까 일을 말하는 거?"

"생각보다 둔하군."

"말도 안 돼! 그건 이것과 전혀 다른……!"

탁.

독고월이 술잔을 내려놓으며 싸늘히 읊조렸다.

"그럼 대던지."

"뭐, 뭐?"

가해월은 어이없는 눈을 했다가, 들린 독고월의 손을 보고는 기함했다. 보란 듯이 내력을 듬뿍 담는 중이다. 맞으면 최소 사망이었다.

"맞고는 못 살거든, 내가."

가해월은 할 말을 잃었다.

독고월의 이어진 말은 더욱 가관이었다.

"그래도 여인이니 선택지는 주지. 맞고 갈래? 아니면 그
냥 갈래? 둘 중에 선택해."

"본녀가 있어야 네놈이 원하는 바를 이룰 수 있음을 모
르고 하는 말이야?"

모용설화를 말하는 거였다.

눈치 빠른 독고월이 싸늘하게 웃었다.

"핑곗거리하고는… 그 문제는 이제 네가 없어도 된다.
사람이란 게 말이야. 한 번 의심을 시작해서 상상력이 발
휘되기 시작하면 걷잡을 수 없거든. 하물며 의심이 아닌
확실시 된 상황이라면 두말할 것도 없겠지."

"천안통과 환술이면……!"

"남의 속을 들여다보며! 농락하고 속이는 능력 따
위—!"

독고월이 벼락같은 호통을 내질렀다.

"……."

가해월은 꿀 먹은 벙어리 마냥 가만히 있었다. 독고월의

목소리가 귀도 모자라 가슴까지 후벼 팠다.

"있어도 그만, 없어도 그만이지. 그러니 같잖은 걱정일랑 집어치우고 돌아가. 초난희를 찾는 데 별로 도움이 될 것까지도 않으니까."

가해월은 모멸감에 화가 났다. 하지만 할 말은 없었다. 모용설화의 속내를 들여다본 것은 사실… 순간 가해월이 두 눈을 번쩍 떴다.

어째서 독고월이 이리 나오는지 알 것 같았다.

"너 지금 혹시… 본녀가 모용설화 그 어린 계집의 속을 들여다봐서 화내는 거지? 그렇지!"

"꼭 저 같은 생각만 하지."

"맞아, 그렇지 않고서는 갑자기 이렇게 화를 내는 건 말이 안 돼. 본녀 같이 끝내주는 미인에게는 더더욱!"

가해월의 확신에 찬 목소리였다.

독고월은 상대할 가치를 못 느껴 고개를 흔들었다.

"네가 끝내주게 음란한 계집인 건 잘 알았으니깐, 그쯤하고."

"하나도 모르고 있잖아!"

"그보다 이제 가치가 없지."

"뭐라고?"

가해월이 눈에 띄게 당황했다.

술병을 든 독고월이 제 술잔을 채웠다.

"나이를 먹으니 말귀까지 어두운가 보지? 이제 그만 가보라는 거잖아?"

"본녀가 있어야……."

"없어도 돼."

단호한 말에 가해월은 할 말을 찾지 못했다. 당연히 자신의 능력을 필요할 거라 여겼는데, 독고월은 필요 없단다. 아직도 거기 있었냐는 표정은 뱉은 말이 진심이라고 말해줬다.

"모용설화 때문에 그런 거라면……."

"아무래도 말로 하면 안 될 것 같군."

탁.

독고월은 잔을 내려놓았다. 굳은 표정은 마치 얼음장 같았다.

얼음가루마저 풀풀 날리는 듯했다.

가해월은 어찌할 바를 몰랐다. 이런 식의 전개는 생각지도 못한 그녀였다. 제자 년에게 언질을 받은 적도 없었다.

그렇다면 남은 방법은 하나.

"알았다, 알았어. 네놈이 시키는 대로 할게. 그러니 내쫓지 말아줘. 부탁이야."

수틀리면 수그려야지.

가해월은 배시시 웃기까지 했다.

독고월은 가해월을 지그시 바라봤다. 자존심이 강해 보

이는 그녀가 어찌 이리 나오는지 얼핏 눈치채고 있었다.

가해월의 미소가 쓰게 변했다.

"…표정 보니 본녀가 왜 기를 쓰고 남으려는지 잘 알고 있잖아?"

점차 흔들려가는 그녀의 표정에 독고월은 끌어올렸던 기세를 거두었다.

마침 가해월의 눈동자에도 물기가 아른거리고 있었다.

"제자 년을 어떻게든 찾고 싶어. 그러니깐 도와줘. 지금 본녀의 천안통으로는 도저히 볼 수가 없단 말이야."

"왜?"

가해월은 잠시 주저하다가 흉금에 담은 이야기를 털어놓았다.

"사실대로 말하자면, 사야 그 빌어먹을 놈이 본녀보다 한 수 위거든. 무공도, 술법도 말이야. 그놈 때문에 제자 년이 어디 있는지 보이질 않아."

"뭐?"

실력 면에서 거짓말을 했다는 소리에 가해월을 향한 신용은 뚝 떨어졌다.

가해월은 뻔뻔한 표정으로 말했다.

"사야, 그놈이 본녀를 방해하는 게 분명해. 그렇지 않고선 본녀가 못 찾을 순 없다고. 하지만 네놈이 도와주면 가능해."

"그러니깐 네가……."

"으, 응?"

"…있으나 마나 한 존재라는 거네. 그렇지?"

"……."

가해월은 입을 다물 수밖에 없었다. 듣고보니 그랬다.

독고월이 미간에 내천자(川)를 그리며 이어 말했다.

"일단은 맞고 시작하지."

第 3 章

第3章.

1

"어흐흑!"

한쪽 구석에서 가해월은 처량하게 울고 있었다. 독고월에게 맞아서가 아니었다. 그보다 더 악독한 짓을 당하고 말았다. 퉁퉁 부은 얼굴은 눈물 콧물로 범벅이었다. 역시 맞아서가 아니었다. 한 시진 째 쉬지 않고 오열한 덕분이었다.

독고월의 인상이 일그러지는 건 당연지사.

"그쯤 하지. 그나마 고 계집애의 스승이라서 그 정도로 봐준 거니까. 만약 내 성질대로 했으면 숨도 못 쉬게 됐을 거다."

"차라리 그게 나아!"

가해월이 눈물 젖은 눈으로 소리쳤다. 그런데 그녀에게
서 달라진 점이 한둘이 아니었다.

미친년처럼 풀어헤친 긴 머리는 싸구려 잠(簪)에 의해
정갈하게 따리를 틀었고, 반쯤 벗어젖혀 져 입었는지 벗었
는지 모를 화려하고 선정적인 의복은, 매우 평범한 회의무
복으로 바뀌어 있었다.

그중 단연 백미는 기녀 뺨치게 진한 색조화장을 지운 것
이었는데.

"누구냐, 넌?"

독고월의 입에서 나온 말에 담긴 황당함이란.

의복과 잠을 대신 사온 점소이가 되레 묻고 싶은 것이리
라.

가해월은 상처받은 얼굴을 했다.

"아, 알면서 묻지 말라고!"

빼액— 소리 지르는 그 얼굴이 참으로 볼만하다.

고와 보이던 아미는 어디론가 실종됐고, 커 보이던 눈은
눈에 띄게 작아졌고, 피부색은 왠지 모르게 침침해 보인다.

한 마디로 예쁘장은 하나 아까와 달리 완전히 평범해진
가해월이겠다.

거기다 본인의 여성성을 있는 대로 과시하던 헐벗은 몸
매마저 희의무복으로 가려지니. 이건 뭐!

전혀 새로운 인물이 독고월의 눈앞에서 오열하고 있었

다.

"어흐흑, 이게 뭐야아아… 넌 또 뭘 봐!"

울부짖던 가해월은 점소이의 불신 어린 시선에 손을 휘저었다.

"으, 으아악!"

점소이는 느닷없는 비명과 함께 경기를 일으키더니, 곧 게거품을 물었다. 가해월의 환술에 당한 것이다.

그럼에도 분이 풀리지 않는지, 점소이의 비명에 무슨 일이 있나 싶어 고개를 내민 객잔 주인과 숙수.

털썩, 털썩.

그 둘마저 까무러치게 해버렸다.

동시에 게거품을 물며 주절대는 걸 보아, 점소이처럼 극악한 환술에 당한 듯했다.

"어흐흑! 다 꺼져버려!"

가해월은 두 손으로 얼굴을 가린 채 엉엉 울어댔다.

독고월이 같이 가는데 조건을 건 것이 문제였다.

설마 의복을 바꿔 입히는 것도 모자라, 화장까지 지우게 하는 악독한 짓을 벌일 줄이야. 차라리 독고월에게 두들겨 맞는 게 나을 정도다.

문제는.

독고월이 더할 나위 없이 만족스러워한다는 거다. 그답지 않게 입가에 만족스러운 미소까지 지었다.

"거슬리는 모습이 사라지니 개안하는 기분이군. 덕분에 술맛도 좋아졌어."

주르륵.

술잔에서 술이 떨어지는 소리가 아니었다. 가해월의 눈에서 닭똥 같은 눈물이 떨어지는 소리였다.

"이건 아니야, 이건 아니라고!"

얼굴을 감싸 쥐고 울부짖어 보지만, 공허한 외침으로 끝났다.

독고월이 후후! 거리며 기분 좋게 술을 마시고 있었다.

가해월이 다가와서 독고월의 팔을 붙잡았다.

"그냥 본녀를 쳐! 이 빌어먹을 놈의 손으로 본녀를 사정없이 치라고!"

"싫어."

"왜에!"

"그렇지 않아도 꼴 보기 싫었는데, 잘됐잖아?"

"꼬, 꼴 보기 싫었다고? 그럼 술맛이 좋아졌다는 게 그런 뜻이었어?"

독고월이 꼴 보기 싫다는 게 뭔지, 더는 말할 필요도 없으리라.

헐벗고 다녔던 가해월이었으니까.

독고월은 흐뭇하게 웃었다.

"그렇지. 정말이지 눈이 썩는 것 같았다고."

"……."

가해월은 벌린 입을 다물지 못했다. 넋이 나간 그 표정에 담긴 허무함이란 필설로 형용할 수가 없었다.

독고월이 나직한 목소리로 이어 말했다.

"마음 같아서는 못 쫓아오게 하고 싶지만, 그래도 내 생명을 구해준 고 계집애의 스승이니까 이 정도 선에서 끝난거지. 만약 다른 이가 그랬다면 일장에 날려버렸을 거다. 다시는 이승에 발도 못 붙이게 말이지."

"차, 차라리 그게 나아. 이건 살아도 산 게 아니라고오!"

그 떨리는 외침에 담긴 구슬픔이란.

필설로 형용할 수가 없다.

결국, 가해월은 바닥에 주저앉았다. 아니, 허물어졌다고 해야 맞겠다. 양손으로 얼굴을 가리자 독고월의 목소리가 귓속을 후벼 팠다. 뼛속까지 시리게 만드는 서늘함이 담겨있었다.

"그렇게 싫으면 가봐."

"어, 어딜?"

"필요없는 '걸' 데리고 다닐 만큼 난 자비롭지 않아. 그러니 이만 꺼져."

이젠 너가 아니라 '걸'이란다.

가해월의 화장기 하나 없는 수수한 얼굴이 일그러졌다. 똥 씹은 얼굴도 이보다 심하게 구겨지진 않을 것이다.

"그래도 이건 아니야!"

"……."

"…화장만이라도 하게 해줘어. 어흐흑!"

본인이 말하고도 자존심이 무척 상했는지 가해월은 꺼이꺼이 울어댔다. 하지만 단호한 그의 목소리가 귓속도 모자라 이젠 가슴속까지 후벼 팠다.

"안 돼."

가해월이 고개를 흔들며 부정했다.

독고월은 비웃음까지 흘렸다.

참으로 악독해 보이는 그 웃음에 가해월은 기어코 굴복하고 말았다. 독고월의 두 손까지 마주 잡았다.

"제발 하게 해줘… 어흐흑! 본녀 이대로 못살아. 딴 건 몰라도 화장만은 하게 해주라고."

가해월은 감히 독고월을 마주 볼 생각도 못했다. 독고월의 눈이 차가워서도, 무서워서도 아니었다. 여인으로서의 자존감이 도저히 생기지 않아서였다. 마치 나체로 저잣거리를 활보하는 기분이었다.

"어흐흑, 제발!"

탁.

독고월이 가해월의 손을 뿌리치고 일어났다.

부들부들 떨며 혼절해있는 이들이 보였다.

솔직히 사야란 놈한테는 안 돼도, 쓸만한 구석은 있는

가해월이다.

방심한 상태에서 당했다곤 해도 독고월도 그녀의 환술에 직접 당해보지 않았나.

그랬기에 독고월은 이참에 상하관계를 만들 작정이었다. 눈에 거슬리는 점을 모조리 고치게 하는 것도 모자라, 누가 위인지 서열을 정해놓는 것이다.

안 그러면 방자하기 그지없는 여인이니까.

독고월은 여인을 힘으로 굴복시키는 한심한 사내가 아니었다.

결정했다.

"좋아, 화장은 하게 해주지."

"저, 정말?"

가해월의 안색에 화색이 돌았지만, 이내 어두워졌다. 이어진 독고월의 말 때문이다.

"단, 조건이 있다."

그놈의 조건.

정말이지 무서웠다.

흑야한테마저도 조건을 내거는 놈이다. 대단찮은 조건이 아님은 분명하다. 느낌도 좋지 않았다.

그 찰나의 망설임에 독고월이 고개를 가로저었다.

"싫다면 됐어. 없던 일로 하지. 얼른 꺼지시지. 너 따위는 필요 없으니까."

"아, 아냐! 말해, 본녀에게 말하라고! 뭐든지 들어줄 테니까!"

가해월은 정말이지 다급하게 외쳤다.

독고월은 정말이냐는 듯이 의심스럽게 쳐다봤다.

가해월은 제 가슴을 두드리며 맹세까지 했다.

"말만 해. 본녀는 무엇이든 들어줄 준비가 되어있으니까!"

"……."

팔짱을 낀 독고월이 피식 웃었다. 그까짓 화장이 뭐라고 저리 나오는지 모를 일이다. 물론 전혀 다른 인물이 되긴 했지만, 본판은 그리 나쁘지 않았다.

그래도 모용설화에게 절대 안 되지.

진한 화장을 해도 손색이 있었는데, 화려함이 사라지니 이건 완전.

"보름달 앞의 반딧불이었지."

말하고 난 독고월은 그제야 이해가 간다는 표정을 지었다. 여인이 가지는 경쟁심이 이유일 것이다.

모용설화는 초난희에 비견되는 미녀였으니까.

"무슨 말이야, 그건?"

가해월이 의미심장한 말에 두 눈을 크게 떴다. 거기서 그치지 않고, 독고월은 자신을 보며 기분 나쁘게 웃고 있었다. 그게 무척 언짢았다. 하지만 들려온 대답은 기분을 더욱 언짢게 했다.

"시비에나 딱 어울린단 소리야."

"뭐, 뭐? 무슨 그런 살 떨리는 농담을 그렇게 진지하게
해!"

"내 수발이나 들어라. 그게 조건이다."

"아, 아아아악!"

머리를 양손을 부여잡은 가해월은 악도 써보고, 성질도
부려보고, 방방 날뛰어보고, 땅을 치며 통곡도 해봤지만,
무소용이었다.

독고월은 눈 하나 깜짝하지 않았다.

"사람은 생긴 대로 살아야지."

혼자 발광하는 가해월을 보며 조소를 흘릴 뿐이었다.

2

덜컹.

창문을 열자, 청명한 공기가 폐부를 트이게 해줬다.

이른 아침이었다.

가슴속 깊이 들어차는 호연지기에 모용준경의 표정은
밝았다. 준결승전을 앞둔 긴장으로 간밤에 잠을 못 잔 사
람 같아 보이지 않았다.

줄곧 옆에서 아무 말 없이 있어주던 모용설화는 제 객실로 갔다. 서문평과 아민도 각자의 객실로 돌아간 지 오래였고.

저벅저벅.

계단을 내려온 모용준경의 눈이 더할 나위 없이 커졌다.

"……!"

옷을 풀어헤친 객잔의 주인, 숙수, 점소이가 게거품을 물고 있었다. 눈을 허옇게 까뒤집고, 침을 질질 흘리는 그들이었다. 지금도 온몸을 부르르 떨고 있었다.

한눈에 봐도 뭔가 심상치 않은 짓을 당한 듯 보였다.

주위를 둘러봤다.

독고월과 가해월이 앉아있었다. 근데 둘 사이에 뭔가 이상한 기류가 흘렀다.

특히 가해월의 분위기가 달라져 있었다. 엊저녁과 동떨어진 희의무복은 물론, 얼굴도 딴판이었다. 진한 화장은 그대로인데 눈 두덩이는 퉁퉁 부어서, 두꺼비가 형님하고 부를 정도였다.

간밤에 무슨 일이 있었기에 저런 걸까.

모용준경은 고개를 흔들었다. 묘한 기류가 흐르는 남녀 사이의 일에 신경 쓸 것 없었다. 남녀문제는 동생인 모용설화의 문제만으로도 벅찼다.

지금의 모용준경에겐 비무가 우선이었다.

"왔나?"

독고월의 피곤한 목소리에 모용준경이 포권을 했다. 극진한 태도였다.

"독고 형님은 주무시지 않았습니까?"

"……."

불편한 태도와 호칭에 독고월이 인상을 그었다.

그런다고 해도 모용준경의 호방한 미소는 지워지지 않았다. 진심으로 인정한 사람에게는 이런 태도는 당연하다고 여기는 그였다. 동생의 일이 가장 큰 원인이었다.

독고월은 불편한 심기를 감추지 않았다. 사내의 호의는 부담스러웠다.

"적당히 하지. 그냥 예전처럼 대해."

"그럴 수 없습니다. 어찌 독고 형님에게 그럴 수가 있겠습니까? 그보다 밤을 지새우신 겁니까?"

모용준경이 능숙하게 화제를 돌렸다.

독고월은 한숨부터 내쉬었다.

"누가 매우 귀찮게 해서 말이지. 정말이지 피곤해."

"……!"

옆에 앉은 가해월의 눈꼬리가 하늘 위로 치솟았다. 그 표정은 흡사 자기만 피곤하냐며 따지는 듯했다.

모용준경은 그 모습을 보고 헛기침을 하였다.

"흠흠! 두 분께서 즐거운 시간을 보내셨군요. 제가 괜한 걸 물었습니다. 용서를."

다른 쪽으로 오해하고 있었지만, 굳이 정정해줄 필요는 없었다.

지금 상황에서 오해는 쌓일수록 좋은 거니까.

반면 가해월은 죽상을 짓고 있었다. 즐거운 시간이라는 말에 심기가 뒤틀린 듯했다. 어제 같았으면 당장에라도 벌떡 일어났을 것이다. 실제로 벌떡 일어났지만.

"앉지."

독고월의 나지막한 목소리에 가해월은 도로 앉을 수밖에 없었다.

누가 갑이고 을인지 확실히 보여주는 광경이었다.

"……"

군말 없이 굴었지만, 가해월의 눈꼬리는 파르르 떨리고 있었다. 분해하는 기색이 역력했지만, 입 밖으로 토로하지 않았다. 곧 그녀의 두 눈이 화등잔만 하게 커졌다.

쓱쓱.

독고월이 잘했다는 듯이 가해월의 머리를 쓰다듬어서다.

그것은 마치.

말 잘 듣는 개에게 잘했다는 칭찬을 하는 모양새와 똑같

앉다.

하지만 모용준경은 다른 쪽으로 오해했다. 저렇게 정감을 표시할 정도로 둘의 사이는 심상치 않구나! 하고.

"…하하, 제가 두 분 사이를 방해했군요. 눈치가 없었습니다."

그리 말하고는 서둘러 자리까지 피해줬다. 이미 문밖을 나간 뒤였다.

가해월은 흔들리는 눈망울로 독고월을 노려봤다. 당장에라도 눈물을 쏟아낼 것만 같았다.

독고월은 피식 웃었다.

"잘하고 있어. 계속 그런 식으로 하라고. 다들 그렇게 익숙해지며 자신의 위치를 찾아가는 거지."

"제기랄!"

"시비주제에 입이 걸어."

"본녀가 그러든 말……!"

"그럼 가고."

"흐, 흐흑!"

분한 가해월은 양손으로 입을 틀어막았다. 당장에라도 입을 뚫고 욕설이 터져 나올 것만 같아서였다. 당장에라도 놈에게 환술을 걸어 제 발밑에서 엎드린 채 왈왈! 짖게 해주고 싶지만!

-환술을 쓸 기미가 보이면, 장담하건대 네 모가지를 비
틀어주지.

교양 넘치는 자신이 참기로 했다. 교활하기 그지없는 놈
과 똑같이 노는 건 고상한 가해월의 방식이 아니었다. 조
금이라도 성숙하고 잘난 자신이 참는 수밖에.
그럼에도 불구하고.
뚝뚝.
흘러나오는 눈물만은 막을 길이 없었다.
가해월은 입을 막은 양손 등위로 눈물이 주룩주룩 타고
흘렀다.
"으, 으읍!"
손등의 감촉에 새어나오려는 오열이 더욱 막기 어려워
졌다.
그 모습이 언짢았던 독고월은 명했다.
"뚝."
그 앞뒤 싹 잘라먹은 싹수없는 말에 담긴 짜증과 차가움
이라니.
가해월은 결국 애처럼 울음을 터트리고 말았다. 둑이 무
너져 범람하는 강물처럼 터져 나온 것이다.
"이 나쁜놈아아아!"
"뚝."

"싫어, 어흑! 이건 본녀 방식이 아니라고, 으으!"

가해월의 눈물 반, 콧물 반 흘리면서 반항했다. 감당할 수 없는 정신적인 충격에 애처럼 구는 것이다.

"본녀 시비 싫어, 싫다고오. 그냥 옆에 있을래. 옆에 있게 해줘어…… 제자 년 찾고 싶단 말이야아아!"

당연히 나오는 건 억지뿐이었다. 그간 쌓아놓은 공든 탑이 한 번에 무너졌으니 당연한데.

독고월은 무너진 가해월을 보면서도 동장군 뺨치는 차가운 태도를 고수했다.

"아직도 정신을 못 차렸군. 잠깐 나갔다 올 터이니 그때까지 결정을 해두는 게 좋을 거다. 아니면 내 손으로 끝내주지."

타앗.

바람 한 줄기가 불었다.

"……!"

가해월은 황망한 얼굴로 독고월의 빈자리만 바라봤다.

3

준결승 비무가 벌어질 무대.

그곳을 바라보던 담담한 눈길이 거둬졌다.

"오셨습니까?"

"……."

대답해야 할 상대인 독고월은 답하지 않았다. 먼저 와있던 모용준경과 어깨를 나란히 할 뿐이었다.

모용준경 또한 독고월의 대꾸를 바라지 않았는지 비무대를 바라봤다.

"줄곧 꿈꿔왔습니다."

뜬구름 잡는 소리에 독고월의 고개가 돌아갔다.

모용준경이 담담한 미소를 지었다.

"용봉대전에 우승해서 세가의 이름을 드높이기를 말입니다."

"이까짓 대회가 뭐라고."

"하하, 맞습니다. 형님에겐 이까짓 대회죠."

"……."

독고월의 날 선 시선이 느껴졌음에도, 모용준경은 여전히 미소를 지었다. 어째서 그러는지 알만해서다. 형님이란 호칭을 불편해하는 것이다.

"…제겐 나이 차이가 제법 나는 큰형님이 있었습니다. 아버님께서도 무척 자랑스러워하셨을 정도로 강호에서 촉망받던 기재였었죠. 무공이면 무공, 인품이면 인품. 인의무적 남궁일 대협을 마음의 스승으로 여기고, 닮기 위해 부단히 애를 썼습니다. 남궁일 대협의 발끝이라도 따라가고 싶다며 협객행을 마다치 않으셨던 형님이었습니다."

모용세가의 비사였다.

그러나 독고월은 이미 알고 있는 내용이었다.

모용준경은 감회에 젖은 눈으로 비무대를 바라봤다.

"아직도 눈에 선합니다. 용봉대전에서 우승하고 검을 든 채 포효하던 형님의 모습이."

"……."

독고월도 본 장면이었다.

당시 남궁일이 부상 수여자로 나와 그의 어깨를 직접 두드려줬으니까.

긴장한 눈으로 올려다보는 그의 모습이 아직도 눈에 선했다.

모용준경이 주먹을 꽉 쥐었다.

"정말이지 가슴이 뛰었습니다. 남궁일 대협과 형님이 나란히 있던 모습은… 어린 애에 불과했던 저에게 절대 잊을 수 없는 순간이었죠. 멀리서 봤던 제가 그 정도라면, 제 형님은 어떻겠습니까? 평생을 두고도 잊지 못할 순간이었겠죠."

"……."

"너무 자랑스러웠던 아버님은 눈물까지 흘리셨습니다. 남궁일 대협이 놀리자 눈에 먼지가 들어갔다며 변명 아닌 변명까지 하셨었죠. 하하!"

모용준경은 그때를 떠올리며 말간 웃음을 터트렸다.

하지만 독고월은 알았다. 지금 모용준경이 웃는 게 웃는 게 아니란 걸.

그걸 증명이라도 하듯.

모용준경의 눈가엔 물기가 슬쩍 배여 있었다.

독고월은 모르는 척 비무대를 바라봤다. 모용준경의 나직한 목소리가 들려왔다.

"아직도 잊히지 않습니다. 협객행을 다니던 형님이 어느 날, 주검이 되어 돌아온 모습을 말입니다."

모용준경은 최대한 숨기려고 했지만, 담담한 목소리에 배인 슬픔은 감추기엔 너무 컸다.

장자의 비보를 들은 아버지의 모습은, 아직도 모용준경의 뇌리에 낙인처럼 남아있었다. 그렇게 허물어진 아버지의 모습은 처음이었다.

모용준경은 담담히 읊조렸다.

"아버님께선 그 뒤로 한동안 폐관에 들어가셨고, 칩거에 들어간 어머니께선 남궁일 대협을 부단히 원망하셨습니다. 늘 정파의 일원이라면 남궁일 대협처럼 협객행은 필수라며 입버릇처럼 설득했던 형님이었으니까요. 아! 물론 지금은 전혀 그런 생각을 하지 않으십니다. 다시 남궁세가와 관계가 좋아졌거든요. 무, 물론 그게 아인 소저와 혼담이 오고 가기 때문은 아닙니다."

누가 뭐라나.

독고월이 그런 눈으로 쳐다보는 듯하자, 모용준경의 얼굴은 붉어졌다. 잠시 헛기침을 하더니 이어 말하기 시작했다.

"형님의 죽음 뒤로 세가의 기운이 많이 기울었지만, 이제는 달라질 겁니다. 바로 제가 바꿀 것이니까요."

"해서 용봉대전에서 날 이기겠다?"

"하하, 그게 그렇게 됩니까?"

모용준경은 말하고도 멋쩍었는지 어색하게 웃었다.

그건 말 그대로 계란으로 바위 치는 것보다 더 어이없는 짓이니까.

"처음엔 그랬지만, 지금은 용봉대전에 우승하는 것보다 더 중요한 목표가 생겼습니다."

독고월은 묻지 않았다. 자신의 얼굴을 태워버릴 정도로 뜨거운 모용준경의 시선이 말하는 바는 명확했기 때문이다.

"독고월, 바로 형님입니다."

지금껏 죽은 형님 이야기를 꺼낸 이유가 여기에 있었다.

"이해가 안 될지도 모르겠지만, 전 사실 형님을 처음 봤을 때 남 같지 않았습니다."

"완전 남이지."

"하하! 그렇긴 하죠, 하지만 이상하게도 독고월 형님만 보면 죽은 제 형님이 떠올라서 말입니다."

"……"

지금껏 들어본 말 중에서 가장 재수 없는 말이었다.

죽은 제 형을 닮았다니.

독고월이 미간에 내천자를 그리자, 모용준경이 멋쩍게 웃었다.

"죽은 제형을 보는 느낌이라 형님이라고 하는 이유는 솔직히 좀 그렇겠죠?"

"아니 다행이지."

독고월은 가당치도 않다는 듯이 코웃음을 쳤다.

모용준경은 고집을 피웠다.

"정말 죄송합니다만, 어쩔 수가 없습니다. 아무리 생각해도 독고 형님이 제 또래로 생각되지 않거든요. 이룬 무위도 당연하고, 말투는 물론이거니와 후학을 배려하고, 협을 행하는 모습을 보면. 도저히 동갑내기로 볼 수가 없습니다."

"……"

"그러니 형님이라고 부를 수밖에요. 대협이라고 부르는 걸 굉장히 싫어하시니 말이죠. 형님 대신 대협이라고 불러 들일 용의는 있습니다만."

말을 끝낸 모용준경이 넌지시 바라봤다.

독고월로서는 당연히 전자였다. 솔직히 그도 모용준경이 그리 부른다고 해서 대협이란 말처럼 몸서리치게 싫진 않았다.

어차피 서문평이란 골칫덩어리에 하나가 더 추가된 거에 불과하니까.

그 내심을 짐작이라도 했는지 모용준경이 눈을 가늘게 떴다.

"설마하니 절 평이처럼 골칫덩어리로 생각하시는 건 아니겠죠?"

"……."

독고월은 묵묵부답이었다.

긍정이었다.

"이런, 맞았군요. 하하!"

모용준경은 너털웃음을 터트렸다. 자신을 골칫덩이로 여기는 게 그리 유쾌했는지 한참을 웃었다. 독고월이 노려봐서야 겨우 웃음을 멈췄다.

"흠흠. 독고 형님, 묻고 싶은 게 있습니다."

"뭐지?"

"어째서 평이를 그리 싫어하는지 여쭤……!"

"귀찮고, 짜증 나고, 꼴 보기 싫으니까."

이렇게 싫은 이유가 명확할 줄이야. 얼마나 싫으면 물음이 채 끝나기 전에 답을 한단 말인가.

모용준경은 잠시 할 말을 잃었다가, 쓴웃음을 지으며 말했다.

"전 말입니다. 사람을 그런 이유만으로 싫어할 순 없다고 생각합니다."

"훈계?"

"아, 아닙니다. 제가 어찌 형님에게 감히 훈계한단 말입니까? 말도 안 됩니다."

"그럼 뭐지?"

"형님께서 평이를 싫어하는 이유는 따로 있다고 여겨져서 하는 말이었습니다."

모용준경은 말하고도 서문평이 안쓰러웠다.

그렇게 존경하는 독고월이 그렇기 티를 엄청나게 내며 싫어하는데도, 한결같은 흠모와 존경이 듬뿍 담긴 눈초리를 보내왔다.

모용준경이었다면 절대 그렇게 하지 못했다. 오는 게 있어야 가는 법이었다.

하지만 서문평은 아니었다. 아무리 박대하고, 무시해도 독고월의 옆에 딱 달라붙어 있었다. 그렇게 싫어하는데도 말이다.

처음엔 모용준경도 독고월이 그저 부끄러워서 그런 줄 알았는데, 지금은 진짜로 싫어서 그런 것임을 알게 됐다.

독고월은 서문평이 칭송하는 걸 몸서리치게 싫어했으니

까.

형님이라고 부르며 다가오는 건 더욱 싫어하는 눈치다.

모용준경은 그래서 의문이었다. 서문평의 귀여운 외모는 물론이거니와 말투, 행동 어디 하나 미워할 구석이 없었다.

협을 알고, 협을 행하려는 기특한 아이지 않은가.

"형님, 어째서 평이를 싫어하시는 겁니까?"

독고월은 모용준경의 물음에 바로 답하지 않았다. 크게 신경 쓰고 있지 않던 기억이 떠올랐다. 그 당시에 보았던 서신들이 슬며시 떠올랐지만, 굳이 말해줄 필요성은 없었다.

"……."

최근에 와서야 알게 된 것이긴 하나 잊어버려도 될 일이었다.

그러니 나올 대답은 딱 하나였다.

"…싫은데 꼭 이유가 필요한가?"

"그건 아니지만."

"그럼 됐고, 지금이라도 늦지 않았다."

"……."

모용준경은 늦지 않았다는 게 무얼 뜻하는지 알고 있었다. 무림맹에 통보를 해 상대를 경기에 나서지 못하게 만들라는 소리였다.

한 마디로 부전승을 노리라는 말이었다.

모용준경의 형형한 눈빛이 말하는 바는 명확하였다.

불가하다는 것이다.

독고월은 그 형형한 눈빛을 바라보면서 조소를 흘렸다.

"벽창호 같은 놈."

"후후."

모용준경은 엷은 미소를 지을 때였다.

"이보게, 준경!"

갑자기 들려온 목소리에 담긴 반가움.

모용준경의 고개가 자연스레 돌아갔다.

한 무리의 사람들이 다가오고 있었다.

그들은 남궁민과 황보윤을 필두로 온 강호용봉회원들이었다.

그들은 독고월을 발견하고 가볍게 포권을 하거나 고개를 숙였다. 이미 모용준경에게 언질을 받아 독고월이 인피면구를 썼음을 알고 있었다.

ㅡ독고 형님께선 자신이 남들에게 알려지길 원하지 않는 분이네. 그래서 본인의 얼굴이 드러나는 걸 싫어하시지. 자네들도 들어서 알잖는가. 화전민촌의 일도 그렇고, 냉가장의 일도 보면 자신을 내세우는 걸 별로 좋아하지 않는

분이란 걸.

협의를 사랑하는 강호용봉회의 인원들이었기에 모두 수궁했었다. 모용준경을 향한 신뢰도 신뢰지만, 억울한 민초를 위해 협을 행하는 독고월의 행보에 관한 적잖은 호의 덕분이었다.

그렇기에 누구도 독고월이 인피면구를 쓴 걸 이상하게 여기지 않았다. 오히려 철저히 함구해줬다.

호의가 느껴지는 그들의 시선에 독고월은 불편해졌다. 특히 남궁민의 시선은 단연 백미였다. 호의가 넘치다 못해 터져 나오는 중이었다. 눈이라도 마주치면 금방에라도 말을 걸어올 것만 같았다.

독고월은 물론, 옆에 서 있던 모용준경마저 부담스러워할 정도였다.

"이보게, 민. 내가 보이지는 않는가?"

"아, 준경 자네도 있었군."

남궁민은 이제야 봤다는 듯이 능청을 떨었다. 제일 처음 모용준경에게 알은 채를 한 주제에 말이다.

모용준경이 쓰게 웃었다.

그런 그에게 누군가 다가왔다. 응원차 이곳에 온 팽소희와 양소유였다. 특히 팽소희의 얼굴은 잔뜩 상기되어 있었다.

"준경 오라버니, 오늘 반드시 이겨주세요."

평소와 달리 목소리는 걸걸하지 않았다. 여성스러움을 한껏 강조해 매우 가냘팠다.

지켜보던 황보윤과 양소유가 혀를 내두를 정도였다. 하지만 상황이 상황인지라 딴죽을 걸진 않았다.

양소유가 재잘거렸다.

"저는 당연히 준경 오라버니가 이기실 거라 확신해요."

"어째서지?"

모용준경의 물음에 양소유가 짓궂은 미소 지었다.

"희매가 이토록 간절히 응원하는데 질 리가 있겠나요? 어젯밤에는 정화수까지 떠놓고 어찌 했는 줄 알아요?"

"야, 야 너 무슨 소릴 하는 거야!"

팽소희가 빽 소리 지르며 양소유의 입을 막았다.

양소유는 답답하다는 듯이 손을 치우려 했지만, 팽소희가 눈을 부라리며 막았다.

"입 다무는 게 좋을 거야. 그 말이 마지막 유언이 되고 싶지 않으면."

"읍, 읍!"

소름이 돋은 양소유는 고개가 부러질 듯이 끄덕였다.

"좋아, 떼주지. 허튼 소리하면 가만 안 둬."

"무서운 계집애."

살벌한 팽소희의 눈빛에 양소유는 치를 떨었다.

와하하하.

그 모습에 강호용봉회원들이 박장대소했다.

왁자지껄한 웃음소리엔 모용준경도 있었다. 그런 그의 어깨를 잡는 손이 있었다.

황보윤이었다.

"준경, 네 상대는 강하다."

말투에 담긴 걱정을 어찌 모르랴.

모용준경이 고개를 끄덕였다.

황보윤은 한숨을 길게 내쉬었다.

"물론 나보다 준경 네가 훨씬 강하지만, 왠지 모르게 그자의 실력이 그게 다가 아니란 생각이 들어서 말이야."

독고월이 재밌다는 듯이 바라봤다. 황보윤이 실력은 별로인데 보는 눈은 제법이어서다. 지금 황보윤은 과거의 모용설화 정도였다. 그랬기에 모용준경에 비하면 손색이 있었다.

"그게 무슨 재수 없는 소리에요! 비무를 앞둔 상대에게!"

팽소희가 울긋불긋해진 얼굴로 따졌다.

"하지만."

"설마 윤 오라버니가 졌다고, 준경 오라버니도 그럴 거라는 어처구니없는 생각을 하는 건 아니죠?"

평소 황보윤에게 호감이 있는 양소유마저 허리춤에 양
손을 올리며 따졌다.

강호용봉회의 후기지수들이 보기에 모용준경의 상대는
그리 강해 보이지 않았다.

그자는 운이 좋아 황보윤을 겨우 이기지 않았던가.

당연히 그들은 모용준경의 승리할 거란 걸 믿어 의심치
않았다.

남 일에 초를 치지 말라며 팽소희가 황보윤에게 따지고
들었다.

황보윤은 실언했다며 뒷머리를 긁적이며 웃었다. 내심
자신의 감이 틀리길 바랐기에 오히려 반기는 기색이었다.
그도 자꾸 드는 불안감에 간밤에 잠을 설쳤다.

남궁민이 그 모습을 보며 모용준경에게 다가갔다.

"방심하지는 말게. 물론 난 자네가 이길 걸 의심치 않
네."

"고맙네!"

호방하게 웃은 모용준경이 걱정하지 말라는 듯이 남궁
민의 어깨를 두드려줬다.

남궁민 또한 마주 웃으며 친우의 승리를 미리 축하해줬
다.

강호용봉회의 후지지수들도 다가와 한마디씩 거들었
다.

그들의 응원에 힘을 얻은 모용준경이 두 주먹을 불끈 쥐었다.

"반드시! 승리해서 이번 용봉대전에 강호용봉회의 이름을 드높이겠네."

와아아아.

강호용봉회원들이 환호성을 질렀다.

비록 많은 인원이 용봉대전에 참가해서 고배를 마셨지만, 모용준경의 말에 담긴 뜻은 소속감을 더욱 고취시켰다.

단상을 보던 모용준경은 형형한 눈빛을 움직였다.

모용준경의 최종 목적지는 단 하나.

독고월.

뜻모를 깊은 눈동자로 자신을 보고 있는 바로 그밖에 없었다.

第 4 章

第 4 章.

1

와아아아.

박수갈채를 받으며 준결승이 벌어질 비무대에 오르는 두 사람이 있었다.

화려한 용포를 입은 오만한 표정의 청년과 평범한 복장을 한 청년이었다.

척 보기에 둘에게서 느껴지는 기세는 백중지세.

조금이나마 용포를 입은 청년이 앞서고 있었다.

그렇기에 지켜보고 있던 정파의 거목인 각 문파의 수장들은 화려한 용포를 입은 청년의 승리를 의심치 않았다.

아니, 반드시 그 청년이 승리해야만 했다. 신임맹주 북리천극의 적자 북리강이었으니깐 말이다.

강력한 우승후보인 모용준경이 다음 비무에서 크게 다치거나, 적잖은 내상을 입고 내일 결승에 올라오면 북리강이 용봉대전에서 우승할 것은 자명한 사실이었다.

그랬기에 비무대를 보는 정파의 수장들은 하나같이 북리천극의 얼굴에 금칠해댔다. 맹주인 그에게 잘 보여서 나쁠 것은 없었다. 자고로 돈 안 드는 칭찬은 인색하지 말아야 하는 법이다. 거기다 자식칭찬이다.

"허허, 이사람들. 아직 용봉대전은 끝나지 않았소. 독고월이란 청년은 매우 훌륭한 준걸이지 않소?"

겸양은 했지만, 북리천극의 양 입꼬리는 이미 귀밑에 걸려 있었다.

모용선과 남궁문희도 북리강이 승리해서 모용준경과 멋진 결승전을 치르길 바란다며 미리 축하까지 해줬다.

그렇지 않아도 간밤에 좋은 꿈을 꾸고 온 북리천극이었다. 아직도 그 단꿈에서 헤어나오질 못했다.

그가 맹주가 된 데에 이어 아들인 북리강까지 최고의 후기지수가 되어서, 아비가 아들에게 시상하는 모습이라니 이 얼마나 보기 좋은 광경이란 말인가.

후대에 영원토록 기려질 명장면이었다.

마침 북리천극의 뒤에 시립 해있던 관충도 전음을 보냈다.

-맹주님, 경하드립니다.

-예끼, 이 사람! 아직 시작도 안 했다네. 듣기 좋은 소리는 그쯤 하게. 길고 짧은 건 대봐야 아는 걸세.

-듣기 좋으시라고 한 말이 아닙니다. 북리강 도련님의 우승은 따놓은 당상입니다. 단언컨대, 북리강 도련님 외엔 우승할 자격이 있는 자는 이 강호에 없습니다. 그리고 보십시오. 북리강 도련님이 얼마나 헌앙한지 말입니다. 상대는 벌써부터 위축이라도 됐는지 감히 쳐다보지를 못하고 있습니다.

북리천극이 봐도 그래 보였다.

타는 듯한 눈초리로 북리강이 노려보고 있었지만, 독고월은 구름이 유유히 흐르는 하늘만 바라봤다. 누가 봐도 북리강의 시선을 피하는 중이었다.

"한심한 놈."

북리강이 입가에 조소를 그렸다. 기세 싸움에서 이미 이긴 것이다.

북리천극의 눈매가 휘는 건 당연했다. 독고월의 소문이야 과장으로 치부하면 되지만, 그에겐 묘한 느낌을 주는 무언가 있었다. 하지만 기우였다. 이젠 일말의 걱정조차 되지 않았다. 막상 둘을 놓고 비교해보니 북리강의 우세가 점쳐졌다. 북리강의 우승은 기정사실이나 다름없었다.

그런 주군의 흥겨운 마음을 짐작한 관충이 비무대를 바라봤다. 비릿한 미소를 지은 그였다. 자신하는 정도를 넘어서는 확신이 있었다.

옆에서 관충의 옆얼굴을 보던 남궁문희의 눈빛이 일순 가늘어졌다.

뭔가 있다.

여인의 육감이었다.

북리천극도 그렇고, 관충은 물론, 수장들까지 북리강의 우승을 믿어 의심치 않아 했다. 독고월이야 소문보다 못하다고 해도, 모용준경은 인품과 무공 면에서 북리강보다 우위에 있는데 말이다.

그런 이상한 분위기를 느꼈을까.

모용선도 걱정 어린 표정을 하고 있었다.

남궁문희는 언질을 줄까 했지만, 괜히 모용선의 불안감만 키워놔서 노심초사하게 할 것이 분명했다.

게다가 모용선은 이미 자식을 잃어본 사람이다. 쓸데없이 사서 걱정하게 할 필요는 없다.

마침 모용선이 옆을 돌아보다 남궁문희와 눈이 마주쳤다. 모용선이 희미한 미소를 지으며 말했다.

"남궁 가주께선 할 말이라도 있으십니까? 화용에 수심이 가득합니다."

"아무것도 아닙니다. 그보다 화용이라니요, 남들이 들

106

으면 욕합니다. 모용 가주."

남궁문희가 나무라듯이 말했지만, 만면에 미소가 그득했다. 그녀의 푸근한 미소는 사람을 편안하게 해줬다.

한차례 너털웃음을 터트린 모용선이 다시 앞을 바라봤다.

남궁문희도 그의 옆에 자리를 잡았다.

-남궁 가주, 걱정하지 마십시오. 팔불출이라고 흉을 보실 줄 모르겠지만, 제 아들 준경이는 강합니다.

남궁문희는 모용선의 전음에 살짝 고개를 끄덕였다. 역시 연륜이 있는 사람답게 눈치가 빨랐다.

뭔가 이상한 분위기에 본인이 더 불안할 만도 하건만, 오히려 남궁문희의 우려를 덜어줬다.

-제가 나이를 먹다 보니 잡생각이 많아졌습니다. 저도 준경이를 믿습니다. 모용 가주께서 어련히 알아서 잘 가르쳤겠지요. 게다가 우리 아인이의 정인 아닙니까? 모용 가주님을 닮아 준걸 중의 준걸이지요. 그보다 어서 두 아이의 혼례 날짜를 잡아야 하지 않겠습니까?

-흐, 흠! 당연히 그래야지요. 한데 준경이 녀석이 워낙 고집이 세서요.

모용준경 쪽에서 고집을 부린다고?

이건 금시초문이었다.

남궁문희가 의아해하는 눈치자, 모용선이 서둘러 전음을 보냈다. 다른 뜻으로 오해할지도 몰라서다.

-녀석이, 꼭 용봉대전에 우승해서 직접 청혼을 하겠다고.

-그게 정말입니까?

남궁문희의 놀란 전음에 모용선이 헛기침을 했다.

-준경이에겐 제가 말했다는 건 비밀로 해주셔야 합니다. 녀석이 어찌나 신신당부하던지, 남궁 가주께서도 못 들은 걸로 해주십시오.

-당연한 말씀이지요.

남궁문희는 새어나오려는 웃음을 참기 위해 소매로 입을 가렸다. 하지만 주름진 눈가엔 이미 반월이 그려지고 있었다.

모용선도 그 모습에 눈매가 절로 휘었다. 이렇게 앞날을 이야기하니 앞선 걱정들이 정말 부질없이 느껴졌다. 그러다 문득 생각난 게 있었는지 전음으로 물어왔다.

-남궁일, 그 친구에게선 아직도 연락이 없습니까?

-네, 이번 협객행이 생각보다 길어지고 있습니다.

-하긴, 워낙 공사다망한 친구니 지금쯤 어딘가에서 누군가를 도와주고 있지 않겠습니까? 조만간 연통이 오겠죠.

-그래야 할 텐데요.

남궁 가주의 얼굴에 수심이 그득했다.

모용선이 서둘러 위로해줬다.

-남궁일, 그 친구가 정말 몹쓸 친구임이 분명하지만, 어디 호락호락한 친구입니까? 별일 없을 겁니다. 남궁 가주께서 걱정하지 않으셔도, 언제고 뻔뻔한 얼굴로 나타나 잘 다녀왔다고 말할 친구입니다.

-그렇지요. 매번 협객행을 다녀온 뒤에 늘 그리했었으니까요.

남궁일 걱정을 하던 남궁문희가 북리천극 쪽을 바라봤다. 그는 시작 전에 의례적인 복장 조사를 받고 있는 북리강을 보고 있었다.

-하지만 의외입니다. 남궁일, 그 친구가 애검 창천검을 용봉대전의 부상으로 내놓을 줄은 말입니다. 남궁세가의 신물이 아니더라도, 무인에게 병장기는 제 생명이나 다름없는데 말입니다.

모용선의 의문에 남궁문희가 씁쓸히 웃었다. 사실 그녀도 그게 의문이었다. 아무런 언질도 없이 창천검을 독단적으로 부상으로 내놓은 남궁일을 이해할 수가 없었다. 동에 번쩍 서에 번쩍하는 그라 해도 일 처리를 이런 식으로 하지는 않았다.

만약 무림맹의 비각주가 보여준 남궁일의 서신이 아니었다면, 믿지 못했을 것이다.

-후학을 위해서라고 했습니다.

-허허, 그 친구답습니다.

모용선은 뒷말을 삼켰다. 더이상 전음을 보내지 않았다. 남궁문희를 걱정하게 하고 싶지 않은 마음인 듯했다.

이심전심이라고.

남궁문희가 모용선을 배려하는 것처럼, 그도 그녀를 배려해주는 거겠지.

모용선은 물끄러미 하늘을 올려다봤다. 남궁일과 죽은 큰 아들을 떠올리는 듯이 눈동자엔 회한이 서렸다.

2

하늘을 보던 독고월은 다가오는 심사관에 양손을 들었다. 앞서 북리강이 조사받는 모습을 보았기 때문이었다.

아무래도 준결승전부터는 혹시라도 있을 상황에 철저히 대비하는 것처럼 보였다.

"믿지 못할 거면 이런 대회를 열지 말던지."

독고월의 작은 불만에도 심사관은 대꾸하지 않았다. 그저 자신의 직무만을 다했다. 의례적인 조사치고는 제법 엄중한 태도였다.

"워낙 근본도 모르고 나대는 불손한 놈들이 많아서 말이야."

북리강은 팔짱을 낀 채 이죽거렸다.

그 '불손한 놈들.' 중에 독고월이 끼어있음은 당연지사.

한숨이 절로 나왔다. 명가의 자제라고 해도 모용준경과는 완전 딴판이었다.

"그러게, 근본도 모르고 나대는 놈 따위가 두려워서, 이리 열심히 조사해대다니. 신임맹주께선 담이 쥐똥만 하군. 흑도맹주는 그래도 호방한 구석은 있는데 말이지."

"뭐라고?"

미간을 찌푸린 북리강이 되물었다. 당장에라도 출수할 듯이 움찔거리는 것이 참을성이 그리 많지 않아 보였다.

독고월은 피식 웃었다.

"못 들었으면 말고."

"이런 근본도 없는 새끼가, 뚫린 입이라고 말 함부로 하지? 이 북리강이 네놈을 멀쩡히 걸어나가게 하면 사람이 아니다. 각오하는 게 좋을 것이다."

"얼씨구, 자아 성찰까지."

이죽거리던 독고월이 심사관을 노려봤다. 이제 적당히 하라는 거다.

턱턱.

심사관은 아랑곳하지 않고, 옷 구석구석을 뒤졌다.

독고월은 짜증이 났지만, 참고 기다렸다. 놈들이 준비한 무대니, 하자는 대로 해주는 수밖에 없었다.

"손은 왜 만져?"

심사관이 손까지 잡자 독고월이 짜증을 냈다.

"혹시 몰라서 그러니, 조용히 있으시오."

오히려 심사관이 불쾌하다는 듯이 굴었다.

독고월은 이대로 주먹을 휘둘러서 쳐버릴까 했지만, 모용준경과 흑야와의 약조를 떠올리고 참아냈다.

일단은 따라준다.

손길을 내맡기고 몸 곳곳 전부를 내준 독고월은 이만 바득바득 갈았다. 어차피 대충 싸우다가 겨우 이기는 모양새로 올라갈 것이다.

운 좋게 올라가는 모습으로 갔다가, 모용준경과 건곤일척의 승부를 통해 이기는 것이 독고월의 단순명쾌한 계획이었다.

조금만 참자.

독고월은 초인적인 인내심을 발휘했다. 순간, 독고월의 눈빛이 묘해졌다. 심사관을 바라보았다.

하지만 심사관은 이미 물러서면서 외치고 있었다.

"두 사람에겐 아무 문제 없습니다!"

드디어 시작이었다.

북리천극이 단상에 올랐다. 용봉대전의 우승자에게 주는 명성과 혜택, 그리고 부상 창천검에 대해 설명하기 시작했다. 크지 않은 목소리임에도 바로 옆에서 속삭이는 것처럼 선명하게 들렸다.

그것만 봐도 북리천극의 절륜한 내력을 실감할 수 있었다.

무인들은 물론, 무공을 모르는 이들도 감탄했다.

실상 북리천극이 이미 알고 있는 사실을 굳이 단상 위에서 읊어주는 이유는 단 하나였다. 맹주로서 첫 행사를 치르는 것이니, 본인의 존재를 만방에 떨치기 위함이었다. 또 아들의 무대를 더욱 돋보이게 해주고 싶었다. 그랬기에 이런 의례적인 연설을 길게 하면서 자신의 절륜한 내공을 만방에 과시하는 중이다.

연설이 너무 길어졌다.

지루했던 독고월이 하품을 해댔다.

지켜보던 북리강이 짜증을 부렸다.

"정말이지 근본 없는 티를 있는 대로 내고 다니는 놈이구나. 어쩐지 모용세가 년놈들하고 어울리고 다닌다 하더니 딱 그 나물에 그 밥이야."

"년놈들?"

"그래, 년놈들. 뭐 불만 있냐?"

독고월은 자신이 잘못들은 줄 알았다. 워낙 망나니처럼 행실하고 다니는 놈이라고 들었지만, 모용세가에 이 정도로 적개심을 가지고 있을 줄은 몰랐다.

마침 북리강도 모용설화가 있는 관중석 쪽을 바라보고

있었다. 한데 눈매가 곱지 않았다. 작은 목소리로 북리강이 이죽거렸다.

"솔직히 모용 가의 계집 얼굴이 반반하지 않았다면, 이번 혼사는 내 쪽에서 거절했을 것이다. 하지만 어쩌겠어? 이런 것이 어마어마한 세가의 장자로 태어난 숙명인걸. 소가주로서 가문이 정해준 혼사를 거절할 순 없지, 암."

"……"

이상한 느낌에 독고월이 침묵을 택했다.

북리강은 계속해서 떠들었다. 그조차도 아버지 북리천극의 연설이 지루한 것이다.

"정말이지 짜증이 난다고, 저런 근천스러운 북방 오랑캐의 피가 흐르는 모용 가와의 결합이라니. 아버진 대체 무슨 생각인지 모르겠단 말이야. 뭐, 그래도 반반한 계집년의 속살은 제법일 것 같단 말이야. 들어갈 때 들어가고, 나올 때 나온 것이 솔직히 기대돼. 계집들을 원 없이 안아봐서 별거 없다는 건 잘 알지만, 소문으론 무공수련만 해대서 사내 손을 타진 않았다던데. 처녀라는 소문도 있고 말이야. 하지만 믿을 수가 있어야지."

"……"

독고월은 북리강의 시선에서 강렬한 적개심을 느꼈다.

희번덕거리는 살기 어린 눈동자가 말했다.

"어서 빨리 혼례를 치렀으면 좋겠어. 그 빌어먹을 모용준경의 동생을 능멸할 생각을 하니 벌써부터 아랫도리가 뻐근해. 낄낄!"

저속한 말에 담긴 저열함이란.

북리강이 모용준경에게 뼛속까지 깊은 열등감을 가지고 있음을 알게 해줬다. 모용설화의 혼례는 그 열등감에 대한 보복이 될지도 몰랐다.

독고월의 눈빛이 달라졌다.

북리강은 그걸 보며 히죽 웃었다.

"왜? 너도 저 계집의 속살을 맛보고 싶어? 맛보게 해줄까? 구멍 동서도 나쁘지 않지. 어차피 강호의 년들은 강한 사내를 보면 아무렇지 않게 가랑이를 벌리거든. 모용설화 저 계집도 똑같지. 그래서 내가 먼저 먹고 난 뒤에 수하들에게 모두 돌려버리……."

"입 다물어."

나직한 읊조림이었지만, 진한 울림을 주었다.

북리강이 묘한 미소를 지었다.

"어, 화났나 보네? 왜? 같이 잔 사이라서 더 화나고 막 그러나?"

"……."

순간 독고월은 제 귀를 의심했다.

북리강이 낄낄 웃었다.

"놀랐나 보네. 걱정마, 아버지는 아직 몰라. 오직 나만 아는 사실이지. 하도 누구랑 붙어 다닌다고 소문이 나서, 내 수하를 시켜서 모용설화 그 개 같은 년의 뒷조사를 좀 했거든. 근데 아주 재밌는 사실을 발견했지. 뭔지 알아?"

"……."

"독고월이란 발정 난 개새끼하고 술을 마신 것도 모자라, 한 방에 같이 묵은 아주 재미난 사실을 알아냈지. 정말 힘들었다고. 꽃 파는 거지 계집부터 청향루란 되도 않는 기루의 총관을 닦달해서 겨우 알아냈다고."

북리강은 히죽 웃었다. 그 비열한 웃음에 담긴 살기가 피부를 따갑게 했다.

독고월이 엷은 미소를 지었다.

"그래서?"

"그래서 라니? 네놈을 곤죽 내주고 모용준경은 물론, 모용설화까지 모두 내 앞에서 개처럼 기게 해주겠어. 특히 모용설화 저 계집은 절대 용서 못 해. 이 세상에 태어난 걸 후회하게……!"

퍼억!

이죽거리던 북리강이 순식간에 나가떨어졌다. 날아간 북리강의 신형이 쿵— 소리와 함께 바닥에 나뒹굴었다.

웅성웅성.

갑작스런 상황에 사람들이 일제히 일어섰다.

연설하던 북리천극은 물론, 단상 뒤에 있던 문파의 수장들, 세가의 가주들은 두 눈을 찢어질 듯이 부릅떴다.

관전하던 모용설화와 가해월, 아민, 서문평은 할 말을 잃었다. 그저 벌어진 상황에 넋을 놓았다.

독고월은 가볍게 때린 손을 털었다. 마치 더러운 게 묻어서 털어내는 것처럼 말이다.

"세월이 하 수상하니 별의별 잡것이 나대는군. 일어서라. 아니면, 이 내가 일으켜주랴?"

"크윽!"

나동그라졌던 북리강이 손으로 코를 가리고 일어섰다. 비릿한 액체가 인중을 타고 입안으로 흘러들어왔다.

주륵.

북리강은 쌍코피가 터진 것이다.

"이, 이 개 같은 놈이 감히!"

3

정보가 새어나갔다.

아무리 북리강의 수하가 정보수집능력이 뛰어나다고 해도 이렇게 빨리 알아낼 순 없었다.

117

불과 한 달이나 넘었을까 싶은 일이었다. 누군가의 밀고가 있지 않고서는 이렇게 콕 짚어서 알아낼 수가 없었다.

북리강과 모용설화는 한 번도 본 적이 없다고 했다.

아무리 북리강이 정혼할 여인의 뒷조사나 하는 등신 같은 놈이라고 해도, 사내랑 같이 다닌다는 소문만 듣고 진상조사를 나설까?

보다 확실한 결정적인 꼬리를 발견하지 않고서는 그리할 순 없었다.

분명 북리강에게 밀고한 이가 있다.

독고월은 그게 누군지 정확히 몰랐다. 분명 작금의 상황이 뭔가 이상한 건 알겠는데, 그 명확한 실체는 모르겠다.

설마 흑야가?

단언하기엔 이르지만 아니라는 생각이 들었다.

대체 누구란 말인가.

독고월이 추리를 하려 할 때.

휙.

절정무인이 독고월의 앞에 섰다.

심사관이었다.

"시작이란 말도 안 했는데 이 무슨 짓이오!"

"아, 미안하게 됐다. 하도 안 시작하길래 말이야. 착각한 거지."

"뭐요?

118

"연설이 멈췄길래 착각한 나머지, 나도 모르게 손을 썼군. 내 사과하지."

듣고보니 그랬다. 마침 북리천극도 연설을 잠깐 멈췄었다. 비무대에 독고월이 줄곧 펼친 기막의 존재감 때문이었다. 둘의 대화가 새어나가지 않기 위해 용의주도한 독고월이 쳐놓은 것이다.

심사관도 북리천극의 시선을 따라봤기에 알 수 있었다.

충분히 오해할 수 있는 상황이긴 했다.

"다음부턴 그러지 않는 게 좋을 것이오. 안 그럼 몰수패를 선언하는 수가 있소."

"그러지."

"조심하시오, 독고월 공자. 그대의 명성이 지켜주는 건 이번만이오."

독고월의 조소 어린 표정에 심사관이 경고를 남겼다.

만약 독고월이 계속해서 공격했다면, 몰수패로 몰아갈 수도 있었다. 하지만 독고월은 한 방을 날린 뒤, 멀찌감치 물러섰다.

북리강도 코피를 흘린다 뿐이지 큰 충격을 받은 모습은 아니었다.

일단 상황정리가 먼저였다.

"북리 공자 괜찮으십니까?"

"크우, 크우!"

심사관이 건넨 무명천에 코를 틀어막은 북리강이었다. 저릿한 아픔이 코에서 느껴지는 걸 보아 자신의 콧대가 나간 것 같았다.

"이, 이 발정 난 개자식아. 넌 죽었다고 복창하는 게 좋을 것이다!"

씹어뱉듯이 말하는 북리강에 독고월이 피식 웃었다.

"똥 묻은 개자식이 겨 묻은 개자식에게 말하는 꼬라지 봐라."

"뭐라고?"

"지금에 와서야 생각한 건데 오히려 다행이지. 모용세가와 북리세가의 혼담은 없는 걸로 될 테니 말이야. 듣자 하니 집안 쪽에서만 오고 가는 혼담이었다며? 당사자끼리 연정을 쌓은 것도 아닌데 왜 지랄이야? 세상 여인이 다 네놈 걸로 보이냐? 이 개잡종놈아."

"개, 개잡종?"

"네놈은 힘없는 여인네들 아주 숱하게 훑고 다니는 건 되고, 설화는 나같이 멋진 사내랑 술 한 잔 마시고 사고 좀 치면 안 돼? 너 같은 개잡종은 되고, 설화는 안 되는 뭐 그런 말도 안 되는 차별이냐? 이거 대책 없는 개 같은 새끼일세."

"……!"

진득한 욕설에 북리강은 말문이 턱 막혔다.

"너 같은 개잡종놈에게 보내기엔 그 애가 너무 아깝다.

최악을 피해 갔으면, 차악(次惡)까지는 피하게 해줘야지."

"그건 또 무슨 개소리야!"

북리강이 악을 썼다.

뚜둑.

독고월은 두 주먹을 깍지껴 폈다.

"아직도 모르겠어? 북리세가와 모용세가에 오고 가는 혼담을 박살 내주겠다는 이야기잖아?"

"뭐? 네까짓 게 뭔데? 감히……!"

"모용세가의 가주 놈도 폐인이 된 개잡종에게 금지옥엽인 딸을 보낼 만큼 모질진 않겠지."

"정파 제일의 후기지수인 이 북리강을 네까짓 게!"

"후후!"

암암리에 기막을 펼쳐놨던 독고월이 내력을 거둬들였다. 이어 모두가 들으라는 듯이 외쳤다.

"언제 시작할 거지!"

독고월의 쩌렁쩌렁한 목소리가 울려 퍼졌다.

광오하기 그지없는 외침 아니, 포효에 모두의 안색이 변하였다.

특히, 잠깐이지만 스쳐 지나간 북리천극의 눈빛은 살벌했다.

독고월은 심사관을 향해 턱짓했다.

"수작 부리지 말고, 빨리 시작해."

"......!"

심사관이 당황했다. 얼떨결에 북리천극을 바라봤다. 하지만 그는 심사관을 보고 있지 않았다. 독고월을 죽일 듯이 노려보고 있었다.

심사관이 머뭇거리자, 장내가 소란스러워졌다.

"어서 시작하라!"

"내일 시작할 거냐!"

"빨리 시작해라. 이러다 해지겠다!"

마침 연설이 지루했던 사람들은 성화를 부렸다. 재밌는 상황이 벌어진 마당에 지지부진한 것이 마음에 들지 않았다.

북리천극을 보던 심사관이 결심이 선 듯 손을 들었다.

마침 북리천극도 고개를 미미하게나마 끄덕여줬다.

"개시(開始)!"

와아아아!

심사관의 신호가 떨어지자 우레와 같은 함성이 터져 나왔다.

대망의 준결승 비무가 시작된 것이다.

북리강은 놈이 비겁하게 기습을 해서 자신이 당했다고 여겼다.

"죽여주마. 살려달라고 빌어도 소용없다."

씹어뱉듯이 말한 살기 어린 음성이 주는 자신감.

북리강은 독고월의 죽음을 기정사실화시켰다.

그게 첫 번째 실책이었다.

두 번째 실책은 첫 번째 것보다 더 컸다. 자신이 당했던 것처럼 코뼈를 주저앉힐 비뚤어진 마음이었기에, 처음부터 전력을 다하지 않은 것이다.

휘익!

기세 좋게 날아들어서 주먹을 휘둘렀지만, 콧등을 얻어맞고 나뒹굴 상대는 없었다. 북리강은 소름이 끼쳤다. 옆에서 들려오는 소름 끼치는 음성이 주는 두려움 때문이다.

"선수는 양보했고."

"뭐……!"

'뭐, 네가 먼저 선수를 날렸잖아!' 라고 말하려던 북리강은 채 끝맺을 수가 없었다.

퍼어어억—

자신의 복부에 철권이 틀어박혀서다.

철권의 주인은 보지 않아도 뻔했다.

"케엑!"

북리강은 형언할 수 없는 고통에 강제로 벌려진 입을 다물지 못했다. 그 벌려진 입가를 타고 침이 줄줄 흘러내렸다.

너무 크나큰 충격을 받으면, 육체가 돌처럼 딱딱하게 경직된다는 말은 사실이었다.

지금의 북리강이 그러했다.

단 한 방에 다리는 풀렸고, 숨통은 턱 막혀왔다. 불길처럼 일어나야 할 내기는 잠잠했다. 위기가 닥치면 절로 내기가 맺혀져 몸을 강건하게 해주는 절정고수라는 말이 무색할 정도였다.

단전에 금이 간 것이다.

"아, 아……!"

"걱정말도록, 이것은 비무다. 네놈을 죽일 생각 따윈 없다. 저승도 네놈이 이렇게 빨리 오길 바라진 않을 거다."

독고월의 나직한 읊조림에 북리강이 덜덜 떨리는 고개를 들었다. 튀어나올 듯 부릅떠진 눈에 핏발이 섰다. 제법 강단은 있었는지 소리를 질렀다.

"으아아아!"

제법 우렁찬 기합이었지만, 독고월과 같은 고수들은 알았다. 그 기합 속에 담긴 두려움 아니, 공포를.

그렇기에 북리천극의 안색이 급변했다.

말려야 한다는 생각 반, 아직 아들이 제 실력을 펼치지 못했다는 생각이 그 반의반, 비무에 직접 나서서 막게 되면 체면을 잃게 되어 맹주로서의 공정함을 잃는 데에 대한 걱정이 나머지였다.

"대는 안 끊어지게 해주지."

결과적으로 그 망설임은 끔찍한 결과를 불러왔다.

독고월이 보내는 서릿발치는 눈빛에 진즉 나서야 했건만.

너무 늦고 말았다.

휘익, 덥석!

막 독고월의 턱에 주먹을 꽂아넣으려던 북리강의 주먹이 한 치 앞에서 멈췄다. 손목을 잡은 독고월 때문이었다.

부들부들.

북리강의 팔이 애처로울 정도로 떨렸다. 내공을 끌어올리려고 했지만, 어떻게 된 게 내공은 일말의 미동도 하지 않았다.

"너 같은 개잡종에 주기엔 내 금쪽같은 시간이 아깝다."

"져, 졌⋯⋯!"

귓속을 파고드는 조소에 북리강이 막 패배를 선언하려고 했다. 독고월의 눈빛이 너무 위험해 보여서다.

뇌리를 지배하는 단 하나의 공포.

이대로라면 죽는다.

다급히 벌러진 북리강의 입은 틀어막히고 말았다.

콰악—

독고월의 철권이 그대로 입안으로 쑤셔진 것이다.

파앗, 후두둑!

독고월이 그대로 주먹을 빼내자, 피로 물든 생니들이 땅으로 떨어져 내렸다. 북리강은 떨리는 양손으로 입을 감싸며 신음을 냈다.

"으, 으어어……."

생니가 부러지는 고통도 고통이지만, 뇌리를 관통하는 극렬한 통증이 먼저였다. 위 아래턱이 그 단 한방에 부서져 버린 탓이다.

물론 여기서 끝이 아니었다.

빠악—

독고월의 팔꿈치가 숙인 북리강의 등에 작렬했다.

척추뼈가 있는 정중앙이었다.

우지끈!

소름 끼치는 파열음이 뒤를 따랐다.

"소, 손속에 자비를 두게!"

누군가의 비통에 찬 외침이 들려왔다.

당연히 독고월이 멈출 리가 없었다. 안 들린다는 듯이 북리강을 향해 속삭일 뿐이었다.

"졌다, 라고 말해. 그럼 멈춰주지."

"으, 으아아!"

당연히 이가 나가고 턱이 부서진 북리강이 말할 수 있을 리가 없었다. 지금 그의 입에선 고통 어린 신음성만 나올 뿐이었다.

사색이 된 심사관이 나서려 했지만, 이미 늦었다.

독고월의 주먹질이 더욱 빨랐다.

휘휘휘휘휘획!

단순무식한 경로로 휘둘러진 주먹질은.

그야말로 한 줄기의 벼락이었다.

북리강의 전신을 머리부터 발끝까지 가로지르는!

콰지지지지직!

동시다발적으로 뒤따라 나온 소름 끼치는 음향이었다.

"으아아아악!"

내력이 듬뿍 담긴 강권의 세례에 북리강은 처절한 비명을 내질렀다. 절정고수를 피떡으로 만드는데 그치지 않고, 온몸의 뼈까지 다져버린 것이다.

무림맹주 북리천극의 안색은 시커멓게 죽었다. 자신의 장자 북리강의 안색처럼.

모두가 벌떡 일어났다.

북리강은 털썩 쓰러졌는데, 얼굴부터 떨어지는 모습이 이상하다.

지켜보던 무인들은 알았다. 이제 북리강은 살아도 산 게 아니란 걸 말이다.

독고월은 비웃음을 흘렸다.

"정파 제일의 후기지수치고 싱겁군."

"이노옴!"

수염이 하늘 위로 곤두선 북리천극의 절규였다.

슈아아악!

미친 듯이 내달리는 북리천극이 향한 목적지는 독고월이었다.

"감히, 감히이—!"

독고월은 순식간에 면전에 짓쳐 든 북리천극을 보며 말갛게 웃었다.

"후회할 텐데?"

"닥쳐라!"

퍼어엉!

북리천극이 날린 일장이 독고월의 가슴을 때렸다.

"크아악!"

독고월은 피 분수를 입으로 뿜어내면서 뒤로 날아갔다. 지금껏 보인 모습과 달리 허무하게 당한 그였다.

북리천극이 이상하게 생각할 겨를이 없었다. 이미 분노에 머릿속이 하얗게 탈색된 상황이었다.

"죽어라아앗!"

탓.

북리천극은 땅을 박찼다. 그대로 따라가며 북리강에게 했던 대로 똑같이 되갚아줄 요량이었는데.

그럴 수가 없었다.

"맹주, 정신 차리시오!"

"그만두시오!"

문파의 수장들이 그의 온몸을 옭아맸다.

분노에 눈이 먼 북리천극은 뿌리치려고 했지만, 수장들의 팔은 질긴 고목의 뿌리처럼 팔다리를 잡고 놓아주지 않았다.

보는 눈이 너무 많았다.

만약 독고월을 분풀이로 죽이게 되면 끝장이다.

"내 반드시 네놈을 육시랄을 낼 것이다!"

믿었던 아들이 당한 참사에 이미 이성을 잃은 북리천극은 멈추지 않았다. 어떻게든 독고월을 향해 다가가려는 중이다.

"도와주시오!"

막던 이의 외침에 넷이 가세했다. 도합 여덟의 수장이 투입되었다.

문파의 수장 여덟이 북리천극의 전신 뿐만 아니라, 앞뒤로 두 명씩 북리천극을 잡았다.

"놓으시오! 저놈을 당장 쳐죽여야 하오. 제발 놓으시오!"

북리천극이 절규했다. 핏발이 선 눈은 당장에라도 피눈물을 쏟을 듯이 붉거졌다. 그 혈안이 앞에 고정되었다.

일장을 얻어맞은 독고월이 가슴께를 부여잡고 일어나고 있었다. 북리천극을 보면서 피묻은 입술을 소매로 닦았다.

순간 북리천극의 얼굴은 일그러졌다. 우뚝 선 죽일 놈의
눈매가 한껏 휘며 한 말 때문이었다.

"…썩어도 너무 썩었어, 너희는."

第 5 章

第 5 章.

1

입을 잘못 놀린 대가를 톡톡히 치른 북리강은 급히 후송
되었다.

북리천극이 비무대에 난입한 걸 공개적으로 사과했다. 아
들이 걱정되어 말릴 수밖에 없었다는 졸렬한 변명과 함께.

강호인들은 혀를 찼지만, 제 아들이 폐인이 되다시피 된
상황인지라 흐지부지 넘어가는 분위기였다. 무림맹주가 자
신의 과오를 인정하고 공개적으로 사과를 한 마당이었다.

얻어맞은 독고월이 큰부상을 입었다면 모를까.

생각보다 멀쩡하게 일어난 덕분에 큰 반향은 일어나지
않았다. 아비가 아들이 걱정되어 그런 거라 여긴 사람들은
수긍하는 눈치였다.

어찌 됐든 승자는 독고월이었고, 이제 사람들의 관심은 다음 경기에 집중됐다.

-반드시 이 대가를 치르게 해주마.

북리천극은 독고월에게 살벌한 전음성만 남기고 퇴장했다.

단상에 남은 문파의 수장들이 경기를 진행 시켰다. 북리천극의 아들이 크게 다쳤다고, 용봉대전을 중지시킬 순 없는 노릇이다.

남은 준결승 비무는 계속되어야 했다.

와아아아!

비무대에 두 사람이 올라오자 환호성이 터져 나왔다.

한 명은 무명의 신인이나, 나머지 한 명은 최고의 후기지수로 평가받는 모용준경이었다.

사람들의 열광은 당연했다. 그 대상은 운 좋게 여기까지 올라온 신인이 아닌, 모용준경이었다. 모용세가의 명성도 명성이지만, 준걸인 모용준경은 단연 빼어났다.

백의무복을 입고 비무대에 고고하게 서 있는 모습은.

그야말로 군계일학(群鷄一鶴)이었다.

여인들의 볼이 도화빛으로 물들었다.

특히 팽소희는 시뻘게진 얼굴로 목청껏 소리 지르려 했다.

"준경 오라버니……!"

"야 이 씨부럴 놈아! 어디 네까짓 놈이 모용준경의 상대가 되려는 거냐! 너 같이 바늘로 찔러도 피 한 방울 안날 새끼가 우승한다면, 이 강호의 흥복이겠다. 세상 참 좋아졌다! 이 거지 같은 새끼야!"

여태 존재감이 없던 가해월의 외침에 가로막히고 말았지만 말이다. 울화통이 터진 가해월은 고래고래 소리 지르며 자신이 받은 정신적인 피해를 푸는 중이었다. 욕설이란 욕설은 다 갖다 붙여서 모용준경을 응원해댔지만, 누가 봐도 응원보다 욕설에 집중하고 있었다.

입에 담기조차 싫은 욕설의 향연은 계속됐다.

물론 진득한 욕설의 대상은 무척이나 교묘했다. 모용준경의 비무 상대인 듯, 상대 아닌 것 같은 느낌이었다.

당연했다.

지금 가해월은 모요준경의 상대를 빙자해 독고월을 향해 욕설을 퍼붓는 중이었으니까.

"……"

옆에서 지켜보던 모용설화와 서문평, 아민의 안색이 점점 하얗게 질려갔다.

졸지에 욕설을 진득하게 먹은 모용준경의 상대, 군백의 눈꼬리가 쭉 찢어졌다.

"살다 살다 저런 미친 계집은 처음 보는군."

"하하!"

모용준경이 낭랑한 웃음을 터트렸다.

군백의 눈꼬리가 매서워졌다.

"웃어? 제법 여유롭네. 어디 그 여유를 언제까지 가질 수 있는지 지켜봐 주지."

뚜둑.

군백은 자신의 목을 좌우로 꺾었다. 그리곤 모용준경을 차가운 눈으로 노려보았다.

우우우우.

순간 기세가 확 달라진 군백이 어떠냐는 듯이 웃었다.

"후후."

"……"

모용준경은 까닭 모를 긴장감을 느꼈다.

고수다.

지금껏 상대해온 이들과 질적으로 다른 느낌이었다.

황보윤과 비무를 했을 때와 완전 딴판이다.

모용준경은 웃는 낯을 지웠다. 군백의 기운에 잠식되지 않게 웅혼한 내력을 끌어올렸다.

마침 심사관이 다가와 둘의 무장상태를 점검했다. 앞서 벌어진 비무에서 했던 점검보다는 간소하게 끝났다.

"두 분 다 검이오?"

모용준경과 군백은 고개를 끄덕였다. 그 와중에도 둘의 시선은 떼어질 줄 몰랐다.

불꽃이 튀는 착각마저 들 정도로 시선에 담긴 감정은 격렬했다.

옆에 있는 심사관마저 침을 삼킬 정도였다. 옆에서 둘의 기세를 직접 느껴본 바로는 이건 후기지수의 비무가 아니었다.

마치 생사결을 앞에 둔 사람들처럼 비장한 분위기다.

모용준경은 이마에 땀이 송골송골 맺혔다. 군백의 기운을 가늠해본 결과, 그가 우세하단 걸 어렵지 않게 알아챘다. 그렇다고 우는 소린 할 수 없었다.

마침 심사관이 비무대 밖으로 물러났다.

군백이 모용준경을 보며 첨언했다.

"꽤나 즐거울 거야. 혹시라도 이기고 싶단 생각을 한다면 버리도록. 넌 내 상대가 아니니까."

"길고 짧은 건 대봐야 알지."

"실력이 떨어지니 눈치도 떨어지나 보군. 느껴지지 않느냐, 너와 나의 수준차가?"

스르릉.

군백은 그러면서 검을 뽑았다.

말 그대로 기세는 물론이거니와, 검병을 쥐자 느껴지는 강대함은 지금까지와 차원이 달랐다.

"지금껏 실력을 숨기느라 짜증이 났는데, 이제부턴 다르다. 네놈도 참 운이 없다."

모용준경은 별 볼 일 없는 검이 자신에게 겨눠지자, 거대한 압력이 엄습하는 걸 느꼈다.

"역시 듣던 대로 대단하긴 하군."

군백은 모용준경이 자신이 누군지 안다는 듯이 말하자, 눈알을 굴렸다.

"뭐야? 얘기가 틀리잖아?"

"……!"

모용준경의 눈빛이 달라졌다. 군백의 혼잣말에서 음모의 냄새가 느껴졌다. 자세한 내막을 알 순 없으나 음모의 대상이 누군지는 알 만했다. 모용준경이 뒤를 돌아봤다.

그 시선 끝엔 아버지 모용선이 있었다. 걱정 어린 표정으로 모용준경을 바라보고 있었다. 일견하기에도 군백의 기세는 대단해 보였다.

지금껏 숨겨오던 실력을 드러낸 이유가 뭐란 말인가. 사생결단이라도 내려는 건가?

모용설화는 불안한 눈초리로 독고월을 바라봤다. 마침 독고월도 그녀를 바라보고 있었다.

-위험하지 않을까요?

-강호에 위험하지 않은 상대는 없지. 곧 시작한다. 한눈 팔지 말도록.

그녀의 전음에 독고월이 무뚝뚝하게 답해줬다.

그에 따른 서운한 마음보다 걱정이 먼저였던 모용설화

는 얼른 비무대를 바라봤다.

마침 개시하라는 심사관이 말이 떨어졌다.

그 말이 끝나기 무섭게 군백이 쏜살같이 달려들었다.

"앗!"

소리가 절로 나올 정도로 의표를 찌른 기습이었다. 앗 소리의 주인인 팽소희는 눈을 질끈 감았다. 자신은 절대 피하지 못할 속도였다. 모용준경의 얼굴이 그 검에 뚫릴 것만 같았다.

끔찍한 결과가 그려진 것이다.

그런 게 팽소희만이 아니었는지 황보윤의 꽉 쥔 주먹은 이미 땀으로 흥건했고, 남궁민은 간담이 서늘해지다 못해 팔에 닭살마저 돋았다.

그들도 보는 눈이 있으니깐 알았다. 아까 했던 황보윤이 내비친 걱정이 우려가 아니란 걸 말이다.

그 정도로 군백이 내지른 검의 속도는 벌려진 입을 다물지 못하게 했다.

이 순간 모두가 모용준경의 패배를 의심치 않았다.

그 정도로 군백의 기습은 가히 일절이었다.

하지만.

독고월은 피식 웃었다.

"너무들 우습게 보는군."

그 까닭 모를 중얼거림을 듣기라도 한 듯.

모용준경의 눈동자가 형형하게 빛났다.

까앙!

거친 철의 노래가 터져 나온 걸 시작으로.

모용준경의 팔의 힘줄이 터질 듯이 불거졌다.

도도한 내력이 흐르는 검면이 찔러오는 검봉을 막은 것
이다.

"……!"

군백의 표정도 달라져 있었다.

2

"하앗!"

모용준경은 가벼운 기합성을 내었다.

텅!

검면에 의해 검봉이 밀려나는 동시에 모용준경이 각법
을 펼쳤다.

검으로 공격할 줄 알았던 이를 당황하게 할 의외의 공격
이었다.

퍽!

군백은 어렵지 않게 팔을 들어 막았다. 각법에 실린 힘
이 제법이었는지 미간을 살짝 찌푸렸다.

"이놈 봐라, 제법이잖아?"

"제법, 그 이상을 보여주지."

모용준경이 싱긋 웃었다.

휘익!

연어가 거센 물살을 거슬러가듯이 당겨져 있던 모용준경의 검이 휘둘렸다.

"……!"

날카로운 바람이 이는 동시에 군백의 앞섶을 그었다. 피하는 게 늦었다면, 목덜미를 베였을 터였다.

군백은 말을 내뱉을 새가 없었다.

모용준경이 연환초식을 펼쳐 들었다.

휘휘휘휘휘휙!

사방팔방에서 짓쳐 드는 검날에 군백은 제 검을 들어 쳐냈다.

따다다다다당!

그 화려한 연환공격을 다쳐낸 군백이 비릿한 미소를 지었다.

"너만 공격하는 건 비겁하다고, 이제 내 차례다!"

쉬익!

수풀 속에 숨어있는 뱀이 먹이를 향해 튀어 오르듯이 군백의 검이 뻗어졌다.

이리저리 비틀어대며 다가오는 검의 현란한 움직임.

하수라면 그대로 목젖을 내어줘 일격에 꿰뚫리고도 남았다.

모용준경은 그 정도의 하수가 아니었다. 뻗었던 검을 회수해 막는 대신, 검병의 끝으로 찔러오는 검봉을 쳐냈다.

땅!

경쾌한 타격음과 함께 모용준경이 진각을 밟았다.

파앙!

모용준경의 신형이 급격히 낮아졌다. 아래에서부터 군백을 향해 짓쳐 들은 것이다.

휙!

기다렸다는 듯이 군백이 무릎을 차올렸다. 목표는 모용준경의 머리였다. 그 무릎치기에 담긴 경력이라면 머리는 수박처럼 박살 내고도 남았다.

타다닥.

모용준경은 변칙적인 신법을 발휘했다. 덕분에 군백의 공격을 가까스로 흘려보낼 수 있었다.

"흥!"

군백은 코웃음을 쳤다. 이미 검을 역수로 꼬나쥐고 있던 군백은 든 검을 그대로 내리찍었다.

모용준경의 목 뒤를 향해서!

모용설화의 속눈썹이 파르르 떨렸다. 수준이 오른 그녀가 보기에도 이번 한 수는 피하기가 어려웠다.

하지만 모용준경은 동생의 우려를 불식시켜줬다.

"타앗!"

낭랑한 기합성과 함께 신형을 회전시키더니, 간발의 차로 군백의 검을 피해냈다.

"아니잇!"

군백마저 이 수가 허위로 돌아갈 줄은 몰랐는지 당황한 기색이 역력하다.

휘아악!

모용준경은 굵직한 미소와 함께 회전력을 실은 검으로 군백의 목을 노렸다.

군백은 검을 드는 대신 상체를 뒤로 확 접었다. 활처럼 휜 상체 위로 모용준경의 검이 지나갔다.

하지만.

하늘 위로 나풀거리는 몇 올의 머리카락이 있었다.

그것은 군백의 앞머리였다.

"……!"

그걸 확인한 군백은 인상을 일그러트렸다.

파앙!

군백의 발이 땅을 찼다. 신형이 그대로 한 바퀴 휘돌았다.

막 검을 찔러오던 모용준경의 턱을 향해 군백의 발차기가 날아갔다.

퍼억!

이 한 방에 담긴 경력이라면 모용준경의 필패가 그려진다.

아아.

관전하던 이들이 안타까워했다.

하지만 독고월은 입꼬리 한쪽을 올렸다.

"제법이군."

그랬다.

모용준경은 빨개진 손바닥을 한 채 뒤로 물러났다. 급하게 승부를 결정지으려다 허용한 군백의 발차기였지만, 내공을 듬뿍 담은 손바닥이 충격을 상쇄해줬다.

주륵.

충격을 완전히 없애진 못했는지, 모용준경의 입가로 혈흔이 비쳤다. 입안이 터진 것이다.

발차기한 여세를 몰아 공중돌기해 착지한 군백.

"우습게 본 건 사과하마."

"……."

"지금까지 상대해온 잡것들하고는 수준이 다른 것도 인정하고."

잠시 소강상태에 접어들었다.

모용준경도 든 검을 내리고 숨을 골랐다.

찰나의 공방이었지만, 온 신경을 곤두세워야 할 정도였다. 긴장의 끈을 한순간이라도 놓았다면, 그대로 목이 달아날 그런 공방이었다.

와아아아.

관전하던 이들도 환호성을 질렀다. 뭔가 번쩍번쩍해서 잘 못 봤지만, 수준 높은 공방을 나눴단 걸 그들도 안 것이다.

군백은 혈향이 느껴지는 미소를 지었다.

"어이, 모용준경."

"왜?"

제 숨을 되찾은 모용준경의 눈빛이 살짝 가라앉았다. 이번 공방으로 군백과 자신의 차이가 있음을 확인해서다.

모용준경은 숨이 살짝 찼지만, 군백의 숨은 조금도 흐트러지지 않았다.

이건 군백도 잘 알고 있었다.

"이게 네 전부가 아니길 바라마. 그럼 멀리서 예까지 온 의미가 없잖아?"

"하긴 천산이 멀긴 해."

"……"

군백의 눈이 옆으로 쭉 찢어졌다. 차원이 다른 살기가 눈가에 어른거렸다.

모용준경은 변한 군백의 기세에 쓴웃음을 지었다. 가해월의 말이 사실로 증명되어서다. 그간 가해월의 말에 의구심을 가진 건 사실이었다.

무림맹의 비각이 이리 허술하게 일을 처리한다는 것이
도저히 믿기지가 않았으니까.

마교의 첩자나 다름없는 고수가 용봉대전에 참가하는
걸 방조한 것이나 다름없었다.

모용준경의 삼엄한 눈빛이 군백에게 꽂혔다.

"무슨 더러운 목적으로 왔는지 모르나, 결코 무사히 빠
져나가지 못할 것이다."

"흐흐."

으르렁거리듯 한 포식자의 웃음이었다. 마치 '네 까짓
게 날?' 이라고 말하는 듯했다.

모용준경은 경각심을 불러일으켰다. 군백은 자신보다
강자다. 아차 하는 순간 목이 달아날 정도로 말이다.

"더러운 목적이라고 했냐?"

"그래."

대답을 들은 군백은 킬킬거리며 웃었다.

모용준경은 불길한 느낌을 받았다. 아까 놈이 했던 말이
떠올랐다.

군백은 분명 이야기가 틀리다고 했었다.

그 말이 의미하는 바가 뭐겠나.

모용준경은 자신의 예상이 틀리길 바랐다. 적어도 그렇게까지 썩지 않았기를 원했다.

아무리 병충해와 세월을 못 견뎌 썩은 고목이라고 해도 뿌리만 멀쩡하면 언제든지 꽃을 피울 수 있었다.

그러니깐.

부디 자신의 예상이 틀리길 바랐다.

군백은 그런 모용준경의 내심을 짐작하기라도 한 듯 보였다.

-하여튼 너 같이 꽉 막힌 놈들만 보면 웃음이 나오지. 각본대로 되지 않아서 어떻게 할까? 고민은 했지만, 임무는 완수해야지 않겠어?

"……!"

그 전음성에 모용준경의 안색이 시커멓게 죽었다. 심적인 충격이 너무 컸다.

고목은 썩고 말았다.

그 뿌리까지.

-흐흐, 이참에 우승이라도 해서 창천검이라도 가져가야겠어. 정파의 잡것들 표정이 어떨지 무척이나 기대되는군.

"이노오옴!"

넋 놓은 채 듣고 있던 모용준경은 극도로 분노했다.

절대로 일어나서는 안 될 일이었다.

그 얼마나 치욕적인 일이란 말인가.

휘익!

모용준경의 신형이 벼락처럼 쏘아졌다.

군백이 검을 들었다.

두 번째 격돌이 시작됐다.

"흐흐, 애송이가 주제도 모르고 흥분했군!"

군백이 비웃었다.

머리끝까지 분노한 모용준경이 검을 미친 듯이 휘둘렀
다. 그렇게라도 하지 않으면 이 가슴속에 찬 더러운 오물
이 자신을 잠식해버릴 것만 같았다. 어떻게든 이 감정을
털어버리고 싶었다.

믿었던 것에 대한 가치관이 흔들리자 심마가 찾아온 것
이다.

독고월의 눈빛이 변했다.

모용준경은 격분한 상태를 넘어서 평정까지 잃었다.

픽!

군백의 소매가 잘리며 핏줄기가 튀었다.

전심전력을 다한 모용준경의 검격은 확실히 대단했다.
감히 마주치기 두려울 정도로 격렬하기 그지없었다.

후아아아앙!

비무장에 일진광풍이 일 정도였다.

까아앙!

마주친 군백의 검을 바숴버릴 정도의 위력이 담겨 있었

148

다. 하지만 경로는 지극히 단순했다. 자신을 잃어버린 검은 갈 길을 잃은 것처럼 이리저리 휘둘렸다.

고수가 평정을 잃는다는 건 위험했다.

픽, 픽!

공격일변도로 나선 모용준경의 연환공격은 대단했다. 군백의 살갗을 갈라낼 정도로. 그러나 그뿐이었다. 살갗만 옅게 갈려 핏방울만 튈 뿐, 유효한 공격은 없었다.

"어이쿠! 무서워라."

군백이 히죽거리면서 모용준경의 검격을 피해내는 것만 봐도 알만했다.

검로가 읽히고 있다.

오오오!

관전하는 이들은 모용준경을 응원했다.

누가 봐도 모용준경이 우세에 접어든 상황이었다.

남궁민과 황보윤을 비롯한 이들은 두 주먹을 불끈 쥐었다. 자신들의 우려를 불식시켜주는 공격일변도에 희망을 본 것이다.

이대로 몰아붙여서 비무대 밖으로 떨어트리면, 군백의 장외 패로 모용준경이 승리한다.

"준경 오라버니 좀 더 몰아붙여요! 더, 더!"

팽소희가 주먹을 휘두르며 응원했다.

"더, 더!"

주위에 있던 용봉회원들도 동조하며 같이 외쳐댔다.

"좀 더 힘내십시오!"

"더욱 몰아붙이세요!"

서문평과 아민도 흥분을 감추지 못했다.

"…이상해."

모용설화는 까닭 모를 불안감에 두 손을 모았다. 미친 듯이 검을 휘두르는 건 오라버니답지 않았다.

장중한 검으로 상대를 유려하게 제압하는 것이 모용준경의 특기 아니던가.

저렇게 자신을 잃은 채 격렬한 파도처럼 들이치는 검은 모용준경답지 않았다. 무엇을 부정하려는 듯이, 혐오스러운 걸 쫓아내려는 듯이 필사적으로 검을 휘둘러댔다.

콰콰콰콰쾅!

검기가 난무하고.

땅거죽이 패이고.

군백이 물러나는 데 급급해서 사람들이 환호성을 질러댔지만.

가해월이 혀를 찼다.

"이런, 이런. 큰일 났군, 큰일 났어."

그 목소리를 들은 모용설화의 눈빛이 매서워졌다. 뭐라고 한 마디 쏘아주고 싶었지만, 중요한 건 그게 아니었다. 그녀의 말처럼 자신도 그리 생각하고 있는 게 문제였다.

전혀 모용준경답지 않은 모습이 계속되는 중이다.

군백은 밀려나는 와중에도 웃음기가 얼굴에 그득했다. 지금 모용준경을 가지고 놀고 있다는 증거였다.

"……!"

모용설화는 그걸 보고는 벌떡 일어났다.

휙, 휙!

가벼운 신법으로 요리조리 피하던 군백의 눈이 한쪽으로 향했다. 자신을 차가운 눈으로 보고 있는 한 사내가 그곳에 서 있었다.

"……."

모든 걸 알고 있다는 듯이 건방진 자세로 서 있는 독고월이었다. 그의 뒤로 눈앞에서 용쓰고 있는 애처로운 모용준경의 일행들도 잡혔다. 군백은 히죽 웃었다.

"어딜 보고 있느냐!"

모용준경의 일갈이 터져 나왔다. 한데 안색이 시뻘게져 있었다. 미친 듯이 내력을 쏟아부은 연환공격 탓이다. 모용준경은 거친 숨마저 몰아 내쉬고 있었다.

심마가 찾아왔는데도 내력을 미친 듯이 퍼부은 대가를 치르는 중이다.

그럼에도 군백은 여전히 다른 쪽을 봤다.

모용준경이 상처받은 눈으로 이를 갈았다.

"날 상대로 다른 곳을 볼 여유가 있어? 후회하게……!"

"있지, 너 같은 애송이를 상대로는 아주 많이."

군백은 조롱하듯이 혀까지 내밀었다.

모용준경은 검병을 부서질 듯이 움켜잡았다. 내력을 있는 대로 끌어올려서 검에 집중시켰다.

부르르르.

검날이 떨렸다. 집중된 내력에 푸르슴한 검기가 맺히고 있었다. 살짝 손만 대도 잘려나갈 것 같은 위험한 빛이었다.

그럼에도 군백의 얼굴에 서린 조롱은 사라지지 않았다.

"고작 검기?"

"하아아압!"

그 조롱을 털어내려는 듯이 모용준경이 당찬 기합성을 내질렀다.

츠츠츠.

검기가 일점에 집중되는 듯하더니 번쩍였다.

푸르슴했던 기가 검을 아예 감싼 상태.

보다 선명하고 아름다운 푸른 그것은.

검강(劍罡)이었다.

초절정에 이른 고수만이 할 수 있다는 절기 중의 절기.

강호인이라면 누구나 꿈꾸는 선연한 검강에 감탄성이 터져 나왔다. 설마 젊은 청년이 저런 신위를 보일 줄은 몰랐다는 듯이 하나같이 경악한 것이다.

"오호라!"

군백마저 놀라워하고 있었다.

모용설화가 놀라워하며 독고월 쪽을 바라봤다. 그도 몰랐을 거라 여긴 것이다. 설마 오라버니가 저 정도의 수준 높은 기술을 구사할 줄은.

하지만.

독고월의 눈빛은 깊게 침잠해 있었다. 무리한 덕분에 모용준경의 진기가 눈에 띄게 고갈되고 있어서다.

3

쩌어엉!

모용준경이 일으킨 검강이 군백의 검을 갈라내려 했다.

거친 쇳소리와 함께 검에서 불똥과 함께 기의 파편이 튄 것이다. 하지만 검의 파편만은 튀진 않았다.

"후후."

음침한 웃음을 흘린 군백이 든 검은 멀쩡했다. 보검이라 서가 아니었다. 그의 검신을 타고 흐르는 막대한 내력이 원인이었다.

모용준경이 만들어낸 검강에 뒤지지 않는 실력이 군백에게 있다는 소리였다.

　쩌쩌쩌쩡!

　몇 차례의 검격을 나눈 뒤 군백은 훌쩍 물러났다.

　"검강이 능사는 아니지. 제법이긴 하나, 미완성된 검강쯤이야 검기로도 충분하고 말이야."

　"크윽!"

　모용준경이 분에 찬 얼굴로 한 차례 떨었다. 그의 말대로였다. 이 몇 번의 부딪침으로 통감했다. 자신이 군백에게 미치지 못함을.

　모용준경의 전신은 입은 검상으로 인해 피로 흠뻑 젖어 있었다. 거기다 무리까지 한 탓에 안색도 창백해졌다. 여기서 끝이 아니었다.

　스으으.

　찬연하게 빛나던 검강이 사라졌다. 힘이 쭉 빠져나가다 못해 강탈해가는 느낌이었다. 극심한 허탈감을 느낀 모용준경의 눈빛이 어둡게 채색됐다.

　"좋은 선택이야. 상으로 이제 그만 끝내주지. 경극놀음도 지겨우니깐!"

　파앗!

　군백은 싸늘하게 웃고는 득달같이 달려들었다.

　그의 쇄도에 모용준경은 포기하지 않았다. 이대로 그만

154

두기엔 지난 세월이 울었다. 모용선과 주검이 되어 돌아온 큰 형님, 설화를 비롯한 가족들이 뒤이어 떠올랐다.

　－이 아비는 너를 믿는다.

　－오라버니, 다치지만 마세요. 무리하면 안 돼요.

　－준경아.

　－상공.

　환청처럼 들려오는 목소리들.

　모용준경의 눈빛이 달라졌다. 쇄도하는 군백의 등 뒤로 독고월이 보여서다.

　독고월은 짙은 눈빛으로 자신을 바라보고 있었다. 마치 모용준경을 믿는다는 듯이 말이다.

　독고월와 약속했다. 비록 일방적인 약속에 불과하지만, 반드시 결승에서 만나기로.

　"후웁!"

　한 모금의 숨을 들이마셔 진기를 끌어올렸다. 다행히 단전은 무리했음에도 불구하고, 한 줄기의 진기를 선사해줬다.

　지켜봐라. 아직 내 검은 끝나지 않았다.

　쉬익!

　모용준경은 있는 힘을 다해 검을 뻗었다. 지금의 모용준경이 가장 자신 있게 펼칠 수 있는 초식이자, 하루에 수만 번도 넘게 휘둘렀던 자신만의 검이었다.

쇄도하는 군백의 눈빛이 살짝 달라졌다. 하지만 위력이 부족한 검 따윈 두려워할 게 못됐다. 승기는 애초부터 군백에게 있었다.

모용준경은 그저 희생양에 불과했다.

북리강을 돋보이게 하기 위한!

군백은 비릿한 혈향이 감도는 미소를 지으며 검을 쏘아냈다.

슈아악!

빛살 같이 뻗어나건 검봉이 모용준경의 검봉을 노렸다.

쩌저정!

모용준경이 두 눈을 부릅떴다. 들고 있던 자신의 검이 그대로 산산조각이 난 것이다. 검을 쥐고 있던 호구도 이미 피투성이가 됐다.

"안 돼에에!"

누군가의 절규가 터져 나왔다.

모용준경의 검을 박살 낸 군백의 눈빛이 무정하게 빛났다.

─죽어라. 비무에 사고는 늘 뒤따르는 법이니 무리는 없겠지.

"……"

그 죽음의 선고에도 모용준경은 두 눈을 똑바로 떴다.

비록 상대도 되지 않았고 자멸하기도 했지만, 어쩔 수 없었다. 나름 최선을 다한다고 했으나, 한 수 정도의 수준 차이가 아니었다.

군백은 모용준경보다 뛰어난 고수였다.

"오라버니!"

모용설화가 눈물을 흩뿌리며 외쳤다.

모용준경은 희미한 미소를 지었다. 자신을 이긴 상대를 끝까지 바라보았다.

마지막으로 독고월과 겨루지 못한 것만 빼면 여한은 없었다.

군백은 의기양양한 표정으로 검을 찔러넣었다.

슈아악!

군백의 검이 모용준경의 목을 파고들었다.

"아아아아악!"

모용설화는 비명을 지르며 두 눈을 가렸고, 서문평과 아민은 넋 나간 얼굴로 무너졌다.

"준겨어어엉!"

남궁민을 필두로 한 강호용봉회의 후기지수들이 이구동성으로 절규했다.

"멈춰라!"

모용선이 미친 듯이 뛰어들었다. 남궁문희도 뒤따랐지만, 너무 늦었다.

강호인들은 화등잔만 해진 눈으로 벌린 입을 다물지 못했다.

팽소희는 덜덜 떨며 눈물만 뚝뚝 흘렸다. 양소유가 그녀의 떨리는 손을 잡아줬다.

우르릉!

느닷없는 천둥소리가 터져 나왔다.

군백이 뻗었던 검의 혈조를 타고 흐르는 핏줄기.

모용준경은 석상처럼 굳어져 있었다. 하지만 핏기를 잃은 얼굴 위론 감정이 격동하고 있다.

모용준경의 목을 파고든 군백의 검은 더이상 파고들지 못했다. 검신을 움켜잡은 누군가의 손 때문이었다.

"애 데리고 노는 게 재밌냐?"

그 나지막한 목소리.

"……!"

울고 있던 모용설화가 얼른 앞을 바라봤다. 익숙한 목소리의 주인은 그녀가 바라마지 않는 이의 것이었다.

모두가 안도의 숨을 내쉴 때.

가해월은 혀를 찼다.

"쳇! 주인공이 되고 싶어 안날 난 것 좀 봐. 극적으로 나타나려고 아주 용을 쓰지, 하마터면 애 잡을 뻔했잖아? 진즉 나서면 얼마나 좋아? 사람 간 떨어지게 뭐하는 짓이야?"

그 불만 아닌 불만이 모용설화의 귀엔 들어오지 않았다.

와아아아.

이미 비무장은 광란의 도가니였다.

열기 띤 관중들의 시선이 주목된 곳.

콰지직!

독고월이 검신을 그대로 종잇장처럼 우그러트렸다. 날카로운 검날에 손바닥이 베였는데도 조금도 개의치 않았다.

그 덕분에 모용준경의 목을 파고들었던 아니, 파고들려 했던 검봉이 그대로 밀려났다.

털썩.

목을 감싼 모용준경은 그대로 주저앉았다. 그리곤 떨리는 시선으로 올려다봤다.

태산같이 굳건한 등을 보이고 있던 사내, 독고월의 고개가 슬쩍 돌려졌다.

입매엔 그림 같은 호선이 그려져 있었다.

"어때? 죽다 살아난 기분이."

第 6 章

第 6 章.

1

"승자, 군백!"

심사관이 서둘러 선언하고는 손짓으로 의원을 불렀다. 혹시 모를 사고를 대비하기 위해서였다.

다다닥.

의원은 피묻은 손으로 목을 부여잡고 있는 모용준경의 혈도를 짚었다. 다행히 불상사는 벌어지지 않았다.

"다행히 혈관은 비켜갔소."

전신의 검상은 여전하나, 가장 위험한 목의 피는 멎었다.

모용준경의 안색이 파리하긴 했지만, 제대로 치료를 받으면 될 터.

의원이 모용준경을 서둘러 부축했다. 피는 멎었어도 제대로 된 치료가 필요하다.

의원에게 후송되는 와중에도 모용준경의 시선은 독고월에게서 떨어지지 않았다.

와아아아.

사람들의 환호성이 이명처럼 들려온 모용설화.

반짝이는 눈빛은 독고월의 너른한 등에 고정되어 있었다.

강호용봉회의 후기지수들도 십년감수 했다는 표정으로 한숨을 내쉬며 독고월을 봤다.

만약 그가 아니었다면, 모용준경은 목이 꿰뚫렸을 것이다.

그들이 보기에도 군백의 한 수는 막을 수가 없는 공격이었다.

당사자인 군백의 황망해하는 눈동자만 봐도, 얼마나 자신 있는 한 수인지 알만하다.

무림맹의 수장들은 물론, 세가의 가주들까지 감탄하는 기색이 역력하였다.

만약 그들이었다면 막을 수 있었을까?

대답은 아니었다. 미리 알고 있는데다 가까이 있었다면 모를까, 조금 전과 같은 급박한 상황이라면 고개가 절로 저어졌다.

그랬기에 군백은 우그러진 제 검을 보면서 적잖이 감탄했다. 등을 보이고 떠나가는 독고월은 그런 오만함을 보이기에 충분한 고수였다.

그런 그와 내일 겨룬다.

군백은 호전적인 눈초리로 독고월의 등을 노려봤다.

"……."

모용선은 형언할 수 없는 감정이 담긴 표정을 했다.

당연했다.

첫째에 이어 하나뿐인 아들마저 잃을 뻔했다. 있어선 안되는 비극을 막아준 은인이었다. 그래서 비무대에서 내려오는 독고월을 기다렸다.

독고월은 앞으로 다가온 모용선을 물끄러미 내려다봤다.

모용선은 그런 독고월의 무례한 태도에도 개의치 않아했다.

"고맙네, 정말 고맙네!"

너무 고마운 마음에 손까지 덥석 잡았다. 상대가 불편해하는 기색을 느꼈지만, 지금은 그저 이 고마움을 표현하고 싶은 마음뿐이었다.

"내 아들의 목숨을 살려주어서 정말 고맙네."

비무 중에 벌어진 불의의 사고라면 따질 수도 없었다. 비무가 과열되다 보면 팔다리를 잃거나, 크게 다치는 경우도 종종 있었으니까.

조금 전 상황도 그런 경우였다.

그랬기에 모용선은 아들을 잃을 뻔한 순간에 눈앞이 캄캄해졌다.

막기도 전에 검이 모용준경의 목을 꿰뚫어버릴 것만 같았던 그때.

눈앞의 청년이 귀신같은 경공술로 나타나 이를 막아줬다. 거기다 자신의 맨손으로 검날을 움켜쥐기까지 했다. 도저히 좋게 보지 않을 수가 없었던 것이다.

"어떻게 이 은혜를 갚아야 할지 모르겠네."

물기 젖은 눈으로 바라보는 모용선에 독고월은 침묵을 택했다.

모용선은 그의 눈빛이 어딘지 모르게 익숙하다 여겼지만, 처음보는 청년이었다.

"이런! 이 나이 든 노인네가 주책이 없었군. 이보게, 이리 와서 치료 좀 해주게나!"

모용선은 미리 배정된 의원을 불렀다. 자신의 손에 묻은 혈흔 때문이었다.

검기마저 맺힌 검날을 움켜쥐었으니 손바닥이 멀쩡할 리가 없어야 하는데.

다가온 의원이 독고월의 손을 살펴보더니 혀를 내둘렀다.

"다행히도 보기보다 상처는 깊지 않습니다. 보통 검날

을 움켜쥐면 손가락이 잘려나갈 정도인데, 하물며 검기가 맺힌 검날을……."

뒷말을 삼킨 의원이 독고월을 괴물 보듯이 바라봤다.

그렇게 쏜살같이 내질러진 검날을 잡는 순간, 손가락들은 싹둑 잘려나갔어야 했다.

하지만.

이렇게 종이칼에 베인 듯한 상처라니.

즉, 눈앞의 청년은 대단한 고수라는 증거였다.

그 생각엔 모용선도 같았는지 하대는 했지만, 대하는 태도는 조심스러웠다.

"그래도 혹시 모르니 좀 더 살펴주시게. 결승 비무에 나설 참가자에 문제가 생기면 안 되지 않은가?"

"네, 그리하지요."

모용선의 성화에 의원이 다시 손을 살피려고 했다.

휙.

독고월은 손을 뺐다. 무뚝뚝한 표정으로 걸음만 옮겼다.

의원이 당황하며 모용선을 바라봤다.

마침 모용선도 당황하는 눈치였으나, 독고월의 무례에도 크게 개의치 않아 했다. 그런 거에 기분 나빠할 정도로 소인배도 아니거니와, 아들을 살려준 은인에게 체면을 차릴 생각 따윈 없었다.

167

부전자전이란 말이 절로 떠오르는 모용선과 모용준경이
었다.

잠시 떨어져 있던 남궁문희가 다가오자, 의원이 자리를
피해줬다.

"참으로 신비한 청년이에요."

"그러게 말입니다. 하지만 어딘지 모르게 익숙한 느낌
입니다."

모용선이 쓰게 웃으며 떠나는 독고월의 뒷모습을 쳐다
봤다.

남궁문희가 의아해했다.

"익숙한 느낌이라니요? 혹 따로 본 적이 있으신가요?"

"허허, 그럴 리가요. 오늘 처음 봅니다."

"그래요?"

"예, 그런데도 이상하게도 그리운 느낌을 지울 수가 없
습니다. 생전 처음 보는 청년인데도 말이죠. 특히 눈동자
가 그런 느낌을 들게 하는군요."

"……."

남궁문희는 모용선의 말에 독고월의 뒷모습을 유심히
살폈다. 그녀도 이상하게 여기고 있었던 터였다. 낯설지
않은 느낌에 독고월에게 자꾸 관심이 갔다.

"아버님!"

꾀꼬리 같은 목소리가 들려왔다. 모용선을 향해 날 듯이

달려온 모용설화였다. 다가오다가 남궁문희를 발견하고는 공손히 포권지례를 취했다.

"이런 실례를, 가주님을 뵙습니다."

"그래, 오랜만이구나. 설화야. 더욱 예뻐졌구나."

자애로운 미소를 띤 남궁문희에 모용설화가 배시시 웃었다.

"가주님에 비하면 조족지혈인 걸요. 가주님께서 갈수록 회춘하시는 것 같아요. 이젠 언니라고 불러야겠어요."

"뭐라? 언니라니! 호호, 망측한 소릴 다하는구나."

"설화, 이놈. 어찌 그리 말을 함부로 하는 것이야. 이 아비가 그리 가르쳤더냐!"

남궁문희는 기쁘게 받아들였지만, 모용선은 기함했다. 아무리 집안끼리 친분이 있다고 해도 저리 말을 해선 안 되는 법이었다.

모용선이 고리눈을 뜨자, 남궁문희가 웃으며 손사래를 쳤다.

"가주님, 전 설화가 저리 편하게 대해주는 게 좋으니 괘념치 마십시오. 설화 덕분에 십 년은 젊어진 기분입니다."

"하지만 버릇이 없어도 너무 없습니다. 대체 누굴 닮아서 저리 방자한 건지."

남궁문희의 밝은 낯에도 모용선은 표정을 풀지 않았다.

마침 모용설화가 혀까지 내밀었다.

"소녀를 다리 밑에서 주워온 게 아니라면, 존경하기 마지않는 아버님 닮았지. 누굴 닮았겠습니까?"

"이놈이!"

"오호호!"

모용선의 얼굴이 벌게졌지만, 짜랑짜랑한 남궁문희의 웃음에 이러지도 저러지도 못했다. 그러다 아차 싶었는지 양해를 구하고 서둘러 모용준경이 있는 의료실로 향했다.

모용설화도 양해를 구한 뒤, 아버지를 따랐다.

남궁문희는 두 모녀의 뒷모습을 흐뭇하게 바라보았다. 그리고는 모용준경을 구해준 독고월이란 청년을 찾았다. 이상하게도 눈에 밟힌 까닭이었다.

"이미 갔구나."

남궁문희는 아쉬움을 뒤로 하고 자리를 떴다.

2

독고월이 머물던 객잔 안에 들어서자, 서문평과 아민이 멧돼지처럼 달려들었다.

"과연 형님은 대단하십니다!"

"네, 맞아요. 대단한 실력이세요. 어떻게 그리 빠를 수가 있죠? 정말 황홀했어요."

셔문평이 빨개진 얼굴로 열을 올렸다. 흥분을 감추지 못하고 작은 주먹까지 휘둘러댔다.

"솔직히 형님이 그 나쁜 사람을 혼쭐내주길 바랐지만, 역시 대인의 풍모가 있으신 형님인지라. 가볍게 용서해주더군요. 전 그럴 거라 이미 예상했지만요!"

가해월이 초를 쳤다.

"하! 용서는 개뿔, 내일 공개적으로 작살내려고 놔둔 거지. 대인의 풍모? 오십 평생 들어본 말 중에서 제일 웃긴 말이네."

서문평의 입술이 한 닷 발 나왔다.

"초난희 누님의 스승님은 왜 못난 말씀을 하시는 겁니까? 형님께서 대인의 풍모로 용서해주신 것입니다."

"아닌데? 속에 능구렁이 백마리 들은 놈답게 됐다가 내일 공개적으로 두들겨 패주고, 상금은 물론 부상과 명성까지 얻으려고 봐준 건데?"

"초난희 누님의 스승님은 아무것도 모릅니다!"

"평이 너보단 잘 알거든? 어느 정도냐면, 평이 네가 며칠 전부터 형님인지 뭔지 하는 놈이 잠깐 나간 사이에, 그의 침상에 누워 보며 침 흘리며 좋아한 것도 알고 있지."

"……!"

"……!"

"……!"

가해월의 충격적인 발언에 서문평을 비롯한 모두가 경악했다.

특히 모두를 무시하고 있던 독고월도 움찔할 정도였다. 그렇지 않아도 별로였는데, 잠시 자릴 비운 사이에 자신의 침상에 누워봤다는 소리는 도저히 넘길 수가 없었다.

서문평이 울상을 지었다.

"아, 아닙니다. 형님의 잠자리가 편한 건지 검사한 것이었습니다! 결코, 형님의 침상에 누우면 형님처럼 대단한 무인이 될 수 있다는 헛된 생각을 절대로! 하지 않았습니다, 소제는!"

변명이라면 변명인데.

강한 부정은 긍정이라는 말이 떠오르는 건 왜일까?

막 변호해 주려던 아민마저 머뭇거렸다.

독고월은 이미 그들에게서, 정확히는 서문평에게서 멀찌감치 떨어졌다. 딱 저잣거리에서 개똥 보는 듯한 표정이었다.

"……!"

서문평은 낙담했는지 고개를 푹 숙였다. 누가 봐도 낙담한 모양새다.

가해월이 혀를 찼다.

"형님이 그리 존경스러워 죽겠어? 침상에서 굴러다닐 정도로?"

172

"……."

"평이 네가 존경하는 형님께선 널 그렇게 싫어하는데도 그리 좋아?"

서문평의 어깨가 점점 들썩였다.

"본녀 같으면 저런 막돼먹은 놈……!"

"아닙니다! 형님은 막돼먹은 놈이 아닙… 끄윽, 끅!"

"얼씨구?"

울음 섞인 서문평의 외침에 가해월은 기가 막혔다.

보다 못한 아민이 서문평의 등을 쓰다듬으며 앙칼지게 말했다.

"애를 울리다니 너무해요!"

"뭐?"

"다 큰 어른이 왜 그러세요? 아무것도 모르는 어린애를 울리는 게 그리 재밌으세요? 막 신이라도 나서 좋아죽겠어요?"

"소, 소저… 난 아무것도 모르는 어린애가 아니……!"

울던 서문평이 옹알거리며 항변했지만, 아민의 치켜뜬 눈꼬리에 입을 막았다.

"조용히 해요, 소협은! 지금 무리해서 편들어주는 거 안 보여요?"

"끄윽, 끅!"

앙칼진 외침에 서문평은 그쳤던 울음을 다시 터트렸다.

듣고보니 그랬고, 자신의 부족함이 절실히 느껴진 탓이다.
닭똥 같은 눈물이 볼을 타고 흘렀다.

가해월은 가당치도 않다는 듯이 코웃음을 쳤다.

"하! 이런 당돌하다 못해 싹수를 베어먹은 꼬맹이를 봤
나? 어른한테 어디서 배워먹은 버르장머리야? 본녀가 네
친구로 보여!"

"그 대단하신 어른께서 쥐뿔도 모르는 어린애를 울리는
것도 모자라서, 열까지 올리시고 아주 잘하시고 계세요."

"……."

어린애 수준이 아닌 비아냥거림에 가해월은 벌린 입을
다물지 못했다.

그 비아냥거림은 쥐뿔도 모르는 어린애에게까지 여파가
미쳤다.

"아!"

서문평은 양손으로 상처받은 얼굴을 얼른 가렸다. 그렇
게라도 하지 않으면 오열이 터져 나올 것만 같아서다.

아민의 외침은 두 애에게 감당할 수 없는 충격을 안겼
다.

의기양양한 표정을 지은 아민의 코가 하늘 위로 치솟았
다.

새로운 얼굴의 등장은 간혹 기존 얼굴의 텃세를 겪는 법
이다.

가해월은 눈앞의 열 서넛은 되어 보일까 말까 한 소녀에게 텃세부림을 당하고 말았다. 가해월이 치를 떨었다.

"본녀의 가슴께도 안 오는 꼬맹이 주제에, 젖비린내도 안 가신 게 어디서 감히! 한 번 혼나 볼래!"

"……!"

너무나도 유치한 반응에 아민은 하얗게 질린 얼굴을 했다. 고개까지 흔들면서 안 어울리게 혀까지 찼다.

"돌아가신 아버님의 말씀은 사실이었어요. 나이를 내세우는 무식한 사람과 어린애보다 철없는 사람은 상대하지 말라고 하셨는데, 역시 어른 말을 들으면 자다가도 떡이 생긴다더니 정말이었네요."

피곤하다는 듯이 옅은 한숨까지 흘렸다.

가해월은 턱이 빠져라, 입을 벌렸다. 뭐라 말하려고 노력을 해도 막힌 말문은 뚫릴 생각을 하지 않았다.

"무식한 것도 모자라 철까지 없다니, 설상가상이네요. 어째서 독고월 공자님이 생긴 대로 사시라는 건지 알만하네요."

자는 줄 알았는데, 그건 또 언제 들었단 말인가.

아민의 신랄한 말에 가해월이 당황했다.

"뭐, 뭐?"

"이쯤 하죠, 우리. 좀 피곤하네요."

"……."

아민이 이마를 손으로 짚으며 한 말에 가해월의 눈동자는 잘게 흔들렸다.

서문평은 불안한 눈초리로 가해월과 아민을 번갈아 봤고, 독고월은 피식 웃음을 흘리고 있었다.

아득.

가해월이 이를 악물었다.

"……그래, 어른 말 들으면 자다가도 떡이 생긴다니 참 좋겠네."

"네?"

아민이 왠지 모를 불안감에 되물었다.

하지만 가해월은 음흉한 미소를 만면에 띄웠다.

"자다 가도 생긴다는 그 떡!"

"무슨 소리죠?"

"본녀가 배터지게 먹게 해주겠단 이야기지! 그래서 다시는! 떡에 떡 자만 봐도 치를 떨게 해주겠어."

"뭐라구요?"

상식을 벗어난 발언에 아민이 불안에 떨었다.

그리고.

"오호호!"

가해월의 정신 나간 웃음과 함께 느닷없이 아민의 신형이 뒤로 넘어갔다.

"아민 소저!"

다행히 서문평이 얼른 받아줬지만, 아민은 이미 눈깔을 허옇게 까뒤집으며 부들거리는 중이었다.

어린애와 말싸움에서 진 가해월이 환술로 정신승리를 한 것이다.

"쯧쯧!"

줄곧 방관자였던 독고월마저 혀를 차며 자신의 객실로 올라갔다. 여기에 더 있다간 같은 물이 들것 같았다. 이 철 없는 셋과 일행으로 보이고 싶은 마음이 싹 사라지는 순간 이었다.

3

우르릉.

마른하늘에 날벼락이 치는 소리와 함께 화전민촌에 누 군가 떨어져 내렸다.

독고월이었다.

침상에 누워 쉬려다가 가해월의 말을 상기하고는 도로 나온 것이다. 거기다 가해월의 말이 사실임을 밝혀주는 결 정적인 증거까지 발견했다.

"문을 걸어 잠가야겠어."

한숨을 내쉰 독고월은 객실의 침상에서 주운 비수를 들

었다. 여인의 노리개처럼 보였는데 작은데도 은은한 기품
이 서려 있었다. 월(月)이라고 음각된 글자가 새겨진 비수
는 초난희의 물건이다.

서문평이 침상에서 뒹굴다 떨어트린 모양이었다.

자신을 향한 그 일방적인 애정을 어찌 모르겠느냐마는,
독고월로서는 달갑지 않은 상황이다. 이럴수록 떼어놓아
야겠다는 결심만 커졌다.

어린애가 아닌 다 큰 사내가 그랬다면 삼일 밤낮을 두들
겨 패줬을 테지만, 서문평은 그저 우상을 보고 어쩔 줄 모
르는 철없는 어린애에 불과하다.

흠모와 존경이 서린 큼지막한 눈동자를 보자면.

"짜증이 나지."

서문평이 자신을 보는 감정이 남궁일을 향한 감정과
같음을 잘 알았다. 그랬기에 더욱 서문평을 떨쳐내야 했
다. 어차피 볼일 다 봤으니 용봉대전이 끝나면 자연스레
떨어지게 될 거지만, 귀찮게 붙으면 혼쭐을 내줄 작정이
었다.

달이 휘영청 뜬 밤하늘 아래.

독고월은 화전민촌을 둘러봤다.

이미 여인들은 잠이 들었는지 조용하다.

독고월이 향한 곳은 탕제실이었다. 한쪽 벽면이 무너진
것이 무척 휑해 보였다. 독고월의 더러운 성질이 만들어낸

작품이다.

이곳에 온 건 다소 즉흥적이었다. 초난희의 물건인 비수를 보자 다시 찾아오고 싶었던 것이다.

늦은 시간이었기에 주위의 이목을 신경 쓸 필요도 없었고, 기감을 넓혀보니 주위에 잡히는 기척도 없었다.

은야의 극에 다른 은신술이라면 독고월의 기감을 속일 수도 있었지만.

"후후."

독고월은 의미심장한 미소를 지었다.

장담하건대 은야는 당분간 독고월의 기감을 속일 수 없을 것이다.

그 이유는 이러했다.

야주가 십일야와 함께 신기루에 찾아왔을 때.

독고월은 은야의 어깨에 팔을 두른 적이 있었다. 그건 은야가 마음에 들거나 희롱하기 위해서가 아니었다. 독고월의 품속에 있던 만리추종향을 묻히기 위해서였다.

당시 가해월의 수혈을 짚어 눕힌 독고월은 제 품을 뒤져서 병에 든 만리추종향을 손바닥에 묻혔었다. 그리고 그 만리추종향이 묻은 손으로 야주를 공격했고, 은야의 어깨에 팔까지 둘렀다.

한 가지를 확인하기 위한 목적이다.

바로 흑야의 본거지.

만리추종향을 묻힌 것이 언제 들킬지 모르겠으나, 적어도 그 잔향이 남는 위치까지는 추적할 수 있으리라.

비록 짧은 단서라고 해도 독고월은 자신 있었다. 이걸로 그들의 위치를 알아내 상황을 반전시킬 잔머리도 있었다. 물론 이 행위가 비망록에 쓰였다면 말짱 헛짓인 동시에, 독고월이 함정에 빠져 죽게 되겠지만.

그럴 일은 없을 것이다.

독고월은 초난희를 믿었다. 적어도 그녀가 자신을 불리하게 할만한 내용을 비망록에 쓰진 않았을 것이다. 아니, 이런 세세한 내용까지 적지 않았을 공산이 컸다.

오히려 큰 사건인 용봉대전을 미끼로 자잘한 사건인 이런 짓들을 누락시켰을 게 분명하다.

초난희의 심계를 다는 파악할 순 없으나, 일어난 강호의 환란을 막길 바라는 그녀였다.

그럼 이 정도 배려쯤은 해줘야지.

독고월은 일단 흑야의 위치를 파악해둘 참이었다.

한데 이곳으론 온 연유는 뭘까? 여기가 그 둘에게 묻힌 만리추종향이 남은 곳이라서?

그런 건 아니었다.

독고월이 이곳에 온 연유는 초난희의 비수 때문이었다.

어째서 이걸 들고 있는 독고월이 환란에 빠진 강호를 구한다고 했을까? 비수에 절세의 무공이나 영약이 있는 위치라도 있는 걸까? 아니면 이 비수가 절대고수의 호신강기를 종잇장처럼 찢어버리는 전가의 보도라서?

지금 이 순간에도 수많은 의문이 꼬리에 꼬리를 물었다.

이 비수를 남긴 이유가 단지, 서문평에게 이 비수의 주인이 강호를 구할 영웅임을 알려주기 위한 것으로 생각되진 않았다.

적어도 뭔가 실마리를 남겨뒀을 것 같았다.

단서를 남겼을 가능성이 농후하다.

저벅저벅.

독고월은 탕제실과 멀지 않은 초난희의 처소로 향했다.

"……."

처소는 지난날과 달리 잘 정리되어있었다.

독고월은 그 이유를 어렵지 않게 짐작했다. 곽씨를 비롯한 여인들이 치운 것이다.

엉망이었던 공간은 말끔해져 있었다.

그래서 한결 뒤지기 쉬웠다.

독고월은 처소를 샅샅이 뒤져댔다.

초롱불도 켜지 않고, 어둑한 곳에서 여인네의 물건을 뒤지는 모양새가 과히 좋지 않았다. 누군가 본다면 도적놈이라고 외칠 것이 뻔했다.

옷장을 뒤지던 독고월의 손에서 낡은 젖가리개가 잡히는 순간.

[이 도적놈—!]

느닷없이 뇌리를 울리는 외침이었다.

"……!"

독고월은 하마터면 모양 빠지게 주저앉을 뻔했다. 아무런 기척도 느끼지 못했는데, 외침이라니. 자그마치 초절정 고수인 그가 기척도 못 느꼈다는 건데, 그건 죽음이 코앞으로 다가온 소리였다.

이게 말이 돼? 도대체 이 강호에 얼마나 대단한 고수가 존재한단 말인가!

독고월은 뒤지는데 정신이 팔린 자신을 자책하면서 손을 꽉 쥐었다.

필시 대단한 고수일 터.

월광도를 빼어 들기엔 이미 늦었다. 당연히 손에 들고 있던 초난희의 비수로 상대할 수밖에.

위급한 순간에 이기어검의 수법으로 날리면! 월광도를 빼어들 시간을 벌 수 있을 것이다. 그런 다음에 자신이 펼칠 수 있는 최고의 한 수인 섬월을 펼치면 끝이었다.

성공하면 좋은 거고, 실패하면 죽는 거다.

독고월은 기척도 없는 존재에 고개를 서서히 돌렸다.

우우웅.

비수를 움켜쥔 손에 웅혼한 내력이 흘러들어 가는 순간이었다.

[아아, 드디어!]

"……!"

독고월은 기함할 수밖에 없었다.

희끄무레한 존재가 눈앞에서 일렁거리고 있었다.

초난희.

바로 그녀였다. 눈앞에 서서 자신을 바라보고 있었는데, 문제는 귀신이라는 것이었다.

어째서냐고?

희끄무레한 존재가 귀신이 아니면 뭐겠나.

독고월은 그걸 보고는 저도 모르게 욕설을 내뱉었다.

"…망할 계집 같으니."

부들부들.

희끄무레한 그것이 요동쳤다. 뿔났다는 듯이 노려보기까지 했다.

털썩.

고개를 흔든 독고월은 허탈한 표정으로 주저앉았다. 두려워서가 아니다. 눈앞에 있는 그녀의 존재가 말하는 바가 명확해서다.

"정말 가해월의 말대로 죽은 거였나?"

독고월의 공허한 중얼거림에 희끄무레한 그것, 초난희가 살짝 흔들렸다.

한 말 속에 담긴 묘한 감정.

이어진 독고월의 말이 초난희에게 잔잔한 파문을 일으
켰다.

"아니길 바랐는데."

침묵이 흘렀다.

잠시 뒤.

독고월이 나직이 읊조렸다.

"사실 난 화전민촌에서 보냈던 시간이 네가 한 해괴망
측한 짓이길 원했다. 환술 같은 거 말이야."

초난희는 그저 잠자코 들었다. 왠지 그래야만 할 거 같
았다.

독고월의 표정에 씁쓸함이 감돌았다.

"하지만 아무래도 이번엔 내가 틀린 것 같군."

독고월이 천천히 고개를 들었다.

초난희는 가만히 고개를 내렸다.

독고월이 비수를 세게 움켜쥐었다.

"줄곧 하고 싶었던 말이 있었다."

초난희의 표정이 물결처럼 일렁였다.

부스스.

독고월이 몸을 일으켰다. 비수에 가했던 내력을 끊자,
초난희가 바람 앞에 촛불처럼 픽 꺼졌다. 초난희가 사라질
것을 예상했다는 듯이, 독고월은 쓰게 웃었다.

"고마웠다."

비수에 다시 내력을 불어넣자, 그녀가 다시 나타났다.

일렁거리는 초난희가 말하고 있었다.

말이라기보다 울림이랄까?

독고월의 뇌리에 직접적으로 전해지고 있는 것 같았다.

[무슨 말을 하려고 했던 거죠?]

알면서도 묻는 듯한 느낌이었다.

초난희의 짓궂은 표정에 독고월은 인상부터 그었다.

"너 때문에 한 고생에 짜증이 난다고 했다. 그냥 죽게 놔두지 왜 날 살렸느냐?"

내심과 다른 말이 나왔다.

초난희는 솔직하지 못한 독고월을 보며 다가왔다.

[살려야 했으니까요.]

"그래! 해서 이 내가 고생을 이만저만한 게 아니었지. 이건 어떻게 보상할 것이야? 편하게 저승 가서 진탕 놀 수 있었는데 말이지!"

[미안해요.]

이게 아닌데.

독고월은 초난희가 고개를 꾸벅이며 한 사과에 속으로 당황했다. 하지만 나온 말은 내심과 달랐다.

"갈! 미안하다고 하면 끝이야? 미안하면 포두는 왜 있는 건데? 사람 죽여놓고 '아, 미안합니다. 실수였습니다.' 하면 그냥 끝나?"

때아닌 갈굼에 초난희가 미안하다는 듯이 웃었다.

[괜찮으시다면 다시 승천시켜드릴 수도 있는데.]

이렇게 밝은 미소로 할 말은 아니었다.

것도 초절정 고수에게!

꿀꺽.

독고월은 절로 드는 섬뜩한 기분에 저도 모르게 침을 삼켰다. 왠지 그녀라면 정말 자신을 그렇게 해줄 수 있을 것만 같았다.

[농이에요, 농. 아시면서 긴장하고 그래요. 귀신은 사람을 해칠 수 없다는 거 아시잖아요.]

초난희가 손으로 입을 가리며 웃었다.

그녀의 말대로였다. 귀신은 사람을 해칠 수가 없었다. 이건 남궁일에게서 기생령으로 있을 때, 이미 알고 있던 사실이었다.

원귀라면 모를까.

"정말이지 너란 계집은 알다가도 모르겠다. 후우, 말이 나와서 말인데, 줄곧 궁금했었지. 화전민촌에서 넌 날 만질 수도 있었고, 또 내 손에 잡혔었지. 그때는 어떻게 된 거지?"

[당시 치료를 할 때만 하더라도, 공자는 영과 백이 다시 분리되어도 이상할 것 없는 상태였어요. 말하자면 이승과 저승의 경계에 있다고 할까요? 해서 제 손목을 잡을 수 있었던 거죠. 제가 그 객잔에서 준 마지막 귀령수를 마시고, 월광심법을 익히는 순간… 완전해졌으니 지금은 안될 거예요.]

말이 끝나기 무섭게 손을 뻗었던 독고월은 할 말을 잃었다. 정말 그녀의 말대로였다. 손이 초난희를 그대로 스쳐 지나갔다. 왠지 모를 섬뜩함이 등골을 훑었다.

"…좋아. 그 점은 그렇다 치고. 어째서 지금 나타나게 된 거냐? 나 같은 특수한 상황이거나, 원귀가 아니고서는 이승에 남을 수가 없다. 한데 넌 원귀가 아니지, 그런데 도……."

뒷말을 삼켰지만, 충분히 예상 가능한 말이었다.

초난희는 창밖을 바라봤다.

[진무로 제 혼을 잡아두는 덴 한계가 있었죠. 그래서 필요했어요. 저를 이승에 붙잡아줄 끈이.]

그 끈이 뭐냐고 물으려던 독고월의 뇌리를 스쳐 지나가는 기억이 있었다.

['오해하지 마세요. 진짜 부부가 아니라 계약관계 같은 거예요.' 였죠.]

울림을 전한 초난희가 배시시 웃었다.

당시엔 정신 나간 소리로 치부했지만.

설마 그것이 그녀의 혼을 이승에 붙잡아두는 끈이었다니.

[이렇게 볼 수 있었던 것도 그때 나눴던 약속 덕분이었죠. 안 그랬다면 저도 남궁일 대협처럼 승천했을 거예요.]

그랬다.

남궁일은 원귀가 되지 않았다. 설령 그렇게 믿었던 이들에게 처참하게 죽임을 당하고, 모든 걸 잃었음에도 원망하지 않았다.

인의무적 남궁일은 군자, 그 자체였다.

눈앞의 그녀처럼.

제 목숨을 초개로 여기고, 오로지 강호의 앞날과 사람들만을 걱정하는.

오지랖은 오지게 넓은 호구들!

독고월은 그녀를 좋아할 수가 없었다.

남궁일과 똑같으니까.

미소 짓던 초난희의 얼굴이 굳어졌다. 독고월을 바라보는 눈동자마저 흔들렸다.

"그래서, 모든 것이 네 안배대로 흘러가서 좋더냐?"

내뱉은 음성엔 가시가 있었다.

초난희는 긴 한숨을 내쉬었다.

[그럴 리가요. 저 때문에 죽은, 그리고 죽어갈 이들이 얼

마나 많은데요. 좋아하면 세상에 다시 없을 죽일 년이죠.]

그리 말하면서도 엷은 미소를 만면에 띄웠다.

독고월은 그것이 정말 웃고 싶어서 짓는 미소가 아니란 걸 잘 알았다.

[제가 갈 곳은 지옥이 유일해요. 어차피 벌어질 일로 치부하는 건 어불성설이었어요. 제 능력이 모두를 죽이는 거나 다름이 없어요. 아주 아주 나쁜 년이죠!]

열변을 토하는 와중에도 초난희는 웃는 낯을 지우지 않았다.

독고월은 그녀를 넋 놓고 바라봤다.

[그러니 그렇게 울지 마세요.]

"……"

독고월은 그녀의 말에 고개를 숙였다. 귀라도 막고 싶고, 부정도 하고 싶지만 흘러나오는 눈물을 멈출 길이 없었다.

[공자님은 절 동정하지 않으셔도 돼요. 오히려 저 때문에 공자님이 어려운 짐을 짊어지게 됐는 걸요. 그러니깐 그렇게 눈물 흘리지 마세요. 이렇게 된 건 제 탓이에요. 이른바 인과응보죠.]

너 때문이 아니라고, 인과응보 같은 건 네가 받을 게 아니라고.

독고월은 그리 말하고 싶었다.

하지만.

"그렇지. 망할 계집 덕분에 고생길이 훤히 열렸지 뭐냐. 정말이지 짜증이 나지만, 은혜 갚는 셈 치지. 그리고 이 눈물은 눈에 먼지가 들어가서 그런 거다. 망할 네가 불쌍한 게 아니라!"

나온 말은 여전히 솔직하지 못했다. 하지만 초난희를 보면 내심을 들켜버린 것 같았다.

"뭐, 내가 틀린 말이라도 했느냐?

초난희가 고개를 저으며 말간 미소를 지었다.

[아니요. 맞는 말씀이세요.]

가슴에 잔잔한 파문을 던져주는 말과 함께.

[고마워요, 공자님.]

독고월은 맥없이 미운 소리만 해댔다.

"고마우면 돈을 줘! 입에 발린 말로 넘어가지 말고."

第 7 章.

第 7 章.

1

"…해서 미래에 대해선 아무 말도 해줄 수 없다는 거 군."

독고월은 쉽사리 이해할 순 없었다.

[천기누설은 끝이 좋지 않은 법이에요. 그리고 제가 원하는 변수는 알았을 때 만들어지는 게 아니라, 아무것도 모를 때 만들어지는 것이에요.]

초난희는 어두운 안색이라고 하면 웃기지만, 가라앉은 기색이 역력했다.

"죽음이 코앞에 다가와도 말이냐?"

초난희는 고개를 끄덕였다.

[공자님은 능히 그 위험을 헤쳐가실 수 있을 거예요.]

속 편한 소리였다.

"하여튼 도움되는 것들은 하나도 없군. 별 쓸모없는 능력을 지닌 스승이나 이젠 그 능력을 못 쓰겠다는 제자며, 정파의 그 애송이들은 모용세가의 남매 외엔 전력에 눈곱만큼도 보탬이 안 되는데 말이지. 대체 강호를 어찌 구하라는 거지? 그냥 속 편하게 있다가 말아먹는 게 더 편하겠어, 쯧!"

말하다가 답답했는지 혀를 찬 독고월을 향해 초난희는 미소를 지어줬다.

[하고 싶은 대로 하셔도 돼요. 제세구민(濟世救民)은 안 해도 돼요.]

"혀! 일은 벌일 대로 벌려놓고는 '하고 싶은 대로 하셔도 돼요. 제세구민(濟世救民)은 안 해도 돼요~' 라니, 어디 그게 발랄한 얼굴로 할 소리냐?"

독고월은 어처구니없어했다.

말이나 못하면 밉진 않지.

제가 한 노력이 무위로 돌아갈 소리를 아무렇지 않게 해댄다. 물론 그건 독고월이 수락할 거란 믿음이 바탕이 되거나, 미래를 알고 있기에 가능한 것이겠지만.

독고월은 둘 다 아니라고 여겼다.

눈앞에 있는 초난희는 독고월이 어떤 선택을 하더라도 받아들이겠다는 태도를 보이고 있었다. 강요는커녕, 얼마든지 발을 뺄 수 있게 도와주겠다는 듯이 웃기까지 한다.

실제로도 그녀는 그리 울림을 내는 중이었다.

[머나먼 북방이나 동쪽으로 떠나셔도 돼요. 약속하죠, 스승님에게 부탁하면 잠시나마 놈들의 시야를 벗어날 시간을 벌 수 있어요. 단언컨대, 섬전행은 그 시간을 최대로 이용하게 해줄 거예요. 과거 천하제일도 친구패 선배님을 거대세력들이 건들지 못한 건 실력도 있었지만, 신출귀행(神出鬼行)한 그의 경공술인 섬전행이 컸죠.]

초난희의 주장은 타당했다.

독고월이 뒤도 안 돌아보고 섬전행을 펼쳐 도망가면 누가 찾을 수 있을까?

그 대단하다는 절대고수 야주가 뒤꽁무니만 졸졸 쫓아다니며 추적을 한다면 모르겠다. 하지만 야주는 그리 한가한 작자가 아니었다.

독고월만 죽자 살자 쫓아다닌다고 해서 강호를 손에 넣을 수 있다면 그럴 수도 있겠지만, 현 강호의 지도는 거대세력들로 삼분되어 있었다.

그 어디에도 소속되지 않은 독고월이 가진 중요성은 무림맹을 분열시키는 것까지였다.

독고월이 작정하고 도망가면 흑야가 전력을 희생하면서까지 쫓아올 순 없었다.

초난희는 독고월에게 개인적인 희망을 말해줬다.

[공자님은 원하시는 대로 사셔야 해요. 제가 굉장히 모순적인 말을 하는 건 잘 알지만, 전 공자님이 다른 운명에 수긍하는 것도 나쁘지 아니, 더욱 좋게 여겨요. 그러니 부담 갖지 마시고 물러나셔도 돼요.]

"그러지."

독고월은 선선히 고개를 끄덕였다. '설마 이럴 줄은 몰랐겠지!'란 표정을 한 채.

그럼에도 불구하고.

초난희는 밝은 미소를 지우지 않고 고개를 끄덕였다.

[네, 공자님의 선택은 존중받아야 마땅해요. 그간 미안했어요. 제가 괜한 일에 말려들게 해서 소중한 시간을 뺏었…….]

"웃기는군."

냉소 어린 말에 초난희는 정말 미안해하는 표정이었다.

독고월은 콧방귀도 안 뀌었다.

"알면서도 모른 척은 그쯤하고. 네가 어디 그냥 호락호락한 계집이더냐? 이미 두어 수 내다보고 말하는 거겠지. 넌 정말 찰거머리 같은 계집이니깐."

일부러 미운 말을 하고 있다는 걸 초난희는 잘 알았다.

그는 솔직하지 못한 사람이었다. 남을 위해 눈물을 흘릴 줄 아는 협객의 눈물을 가졌다면 절대적으로 부정하겠지만, 독고월은 초난희가 한 노력이 수포로 돌아가는 걸 두고 볼 리가 만무했다.

[후회하실 텐데요?]

"뭘 후회해. 이미 헤어나올 수 없는 진창으로 떨어트려 놓고, 왜 이제 와서 딴소리야? 괜스레 불안하게."

[예의상 물어본 건 아니에요. 그러지 말고 한 번 더 생각해보세요. 안 그럼…….]

"안 그럼 뭐? 이 내가 죽기라도 해?"

독고월의 말에 초난희는 묵묵부답이었다.

침묵은 긍정이라지, 아마.

"……!"

독고월의 눈이 드물게 동그래졌다. 정말이냐고 묻고 싶었지만, 체면상 그리할 수가 없었다. 이제 와서 약한 모습을 보이는 건 정말이지 자신답지 않았다.

[농이에요, 농!]

초난희가 귀엽게 혀까지 빼물었다.

[솔직히… 긴장하셨죠? 갈등 좀 하셨죠?]

아니라고 말하고 싶은데.

초난희의 뭐든 다 안다는 짓궂은 표정이 짜증 났다.

독고월을 기어코 일갈하게 하였다.

"닥쳐!"

푸드득.

놀라 날아가는 산새들의 기척이 곳곳에 느껴졌다.

아닌 밤중에 있는 대로 소리를 질렀으니 자고 있던 산새
들이 깨어나는 건 당연지사.

웅성웅성.

고단한 생활에 단잠에 빠져있던 여인들까지 깨운 모양
이었다.

창밖으로 불빛이 보이기 시작했다.

자다 일어난 여인들이 초롱불을 킨 것이다.

초난희가 독고월을 향해 살포시 다가왔다.

[어머, 이거 어쩌죠?]

생각지 못한 해후에 잠시 잊고 있었다.

[한밤중에 외간남자가 여인들만 머무는 곳에 찾아오고
말았네요. 이런 음흉한 공자님 같으니.]

초난희는 사람 짜증 나게 하는 덴 도가 튼 계집이었다.

2

"공자님?"

익숙한 뒷모습을 본 누군가의 목소리였다.

곽씨다.

그녀는 익숙한 뒷모습을 가진 사내의 고개가 천천히 돌
려지자 자신이 잘 못 봤음을 깨달았다.

"누, 누구시죠?"

모르는 얼굴이었다.

지금의 독고월은 인피면구를 쓴 상태였다. 그녀가 알아볼 만한 구석이 없었다.

"공자님?"

한데 다시 물어보는 것이 알아본 듯했다.

그럴만한 것이, 곽씨의 시선은 손에 든 비수와 허리춤에 패용 된 월광도에 고정되어 있었다. 얼굴은 다르나 가지고 있는 물건들이 그의 정체를 말해줬다.

곽씨가 호들갑을 떨며 좋아했다.

"어머, 맞네. 맞어! 공자님이 특유의 모난 분위기며 거무튀튀한 몽둥이 보니까. 공자님 맞으시네!"

"……."

곽씨를 보는 독고월의 눈길은 아래로 향했다.

"호호."

그가 배 쪽을 보자, 곽씨가 멋쩍은 웃음을 흘렸다. 그리고 등을 살짝 보여줬다.

거기엔 갓난아기가 곤히 자고 있었다.

"공자님 덕분에 잘 크고 있어요."

"……."

독고월은 밝은 곽씨의 표정을 보면서 옆을 바라봤다. 그곳엔 초난희가 여전히 있었다.

[예쁜 아기네요.]

그 울림에도 곽씨는 독고월만 바라봤다.

"한데 공자님께서 어쩐 일로 오신 거죠?"

당연했다.

초난희는 사람들 눈에 보이지 않았다.

곽씨의 옆으로 가서 아기를 보며 미소 지어도 곽씨는 몰랐다.

독고월은 갓난아기에게서 눈을 떼지 못하는 초난희에 쓴웃음을 지었다.

"그냥 지나가던 길에 들렀다. 별일은 없고?"

"네, 주신 돈으로 보시다시피 잘 지내고 있어요."

곽씨는 자고 있던 갓난아기를 등에서 가슴 쪽으로 옮겼다. 독고월에게 제대로 보여주기 위해서였다.

자는 아기의 얼굴은 복숭아처럼 고왔다.

웅성거리며 처소로 들어오는 여인들과 몇몇 사내들.

듣지 않아도 어떻게 된 건지 감이 왔다.

여인들끼리 사는 게 딱해 보여 도우러 왔다가 정착을 한 거겠지.

"저희 마을 처녀들끼리 사는 게 걱정돼서 도우러 와주신 마음씨 좋은 장정들이지요. 저희를 위해 이곳에 정착까지 해줬답니다."

혹시나 싶은 곽씨가 걱정하지 말라는 듯이 말해줬다.

그러자 몇몇 여인들의 얼굴이 슬쩍 붉어졌다.

사내들은 헛기침했다.

그 모습을 보아하니 잘 지내고 있는 듯이 보였다.

독고월은 새로운 삶을 일군 그녀들의 모습에 눈이 부심을 느꼈다.

초난희가 독고월을 향해 울림을 전해왔다.

[공자님이 아니었다면.]

"공자님이 아니었다면."

곽씨도 갓난아기를 품에 안은 채 푸근하게 웃었다.

여인들도 공손히 손을 모았다.

[영접의 시간을 죄책감에 괴로워했을 거예요. 정말 고마워요.]

"다시는 행복을 누리지 못했을 거예요. 정말 너무 감사해요."

곽씨를 비롯한 여인들이 고개를 숙이자, 사내들도 눈앞의 사내가 누군지 그제야 깨달았다.

강호에 다시 없을 신진협객이자, 그녀들을 구해주고 살방도를 마련해준 독고월이란 걸.

곽씨가 다가와 독고월에게 갓난아기를 건네줬다.

"보세요, 공자님 덕분에 제 아이가 세상을 보게 됐어요. 만약 괴로움에 자진을 했다면 땅을 치며 후회했을 거예요. 하지만 공자님이 주신 호의가 절 바꿨죠."

곽씨가 그 정도로 심각하게 고민했을지는 몰랐다.

얼떨결에 갓난아기를 받아든 독고월의 표정은 여전히 딱딱했다.

여인들은 긴장했지만, 곽씨는 독고월의 손을 잡아끌어 갓난아기를 안는 방법을 알려줬다.

이게 뭐하는 짓이냐!

라고 소리치고 싶은 독고월이었지만, 자는 갓난아기를 깨울 순 없었기에 생각으로만 그쳤다. 깨지기 쉬운 물건을 다루는 것보다 더 조심히 굴었다. 그 덕에 이러지도 저러지도 못하고 엉거주춤 서 있게 됐다.

"호호."

그 어설픈 자세에 곽씨를 비롯한 여인들이 웃음보를 터트렸다.

사내들마저 낮은 웃음을 흘릴 정도였다. 도저히 강호에 위명을 떨치는 고수로 보이지 않았다.

초난희도 소매로 입을 가리며 웃었다.

독고월은 나름의 인상을 쓴다고 썼지만, 곽씨는 갓난아기를 떠넘기듯이 넘겨줬다. 독고월이 기겁을 하며 넘기려던 그때.

"어서 가져……!"

"후아아."

독고월은 아기의 칭얼거림에 동작을 딱 멈췄다. 엉거주

202 4

춤하게 내민 자세 그대로 돌처럼 딱딱하게 굳은 것이다.

그 모습이 어찌나 우스꽝스러운지 여인들은 재차 웃음보를 터트렸다.

곽씨는 이제 팔짱마저 끼고 방관했다.

[갓난아기가 제법 무거운가 봐요?]

초난희의 농이 들려왔지만, 독고월의 귀엔 들어오지 않았다. 갓난아기가 눈을 동그랗게 뜬 채 자신을 바라보고 있어서다.

뭘 쳐다봐!

라는 말을 하고 싶을 정도로 자신을 뚫어지게 봤다. 독고월이 자신도 모르게 눈을 피할 정도였다.

난처해하는 그 모습에 미소 지은 곽씨.

그녀가 도로 갓난아기를 데려가서야 독고월의 굳었던 몸이 풀렸다.

"후우."

독고월은 땀이 맺힌 이마를 닦으며 한숨을 내쉬었다.

"우리 애기, 예쁘죠? 이게 다 공자님 덕분이에요. 지금 전 아주 행복하답니다. 불과 한 달 전만 해도 무서워서 불안에 떨었지만, 이제 그렇지 않아요. 그때 왜 그랬을까 싶을 정도로 완전 딴사람이 되었다니까요. 호호!"

호들갑스럽게 웃은 곽씨는 갓난아기를 얼렀다.

까르르 웃는 아기의 웃음소리에 여인들이 곽씨 주위에

몰려들었다.

사내들도 다가왔다.

"정말 감사합니다, 대협."

그중 한 명이 큰절을 올리자, 나머지 사내들도 함께 따라 했다.

곽씨를 비롯한 여인들도 함께 허리를 숙였다.

초난희도 옆에서 포권을 하며 미소 지었다.

[여자는 약하나 어머니는 위대하죠. 그녀들을 위대하게 만든 건 공자님이에요. 잊지 마세요.]

"……"

독고월은 갑작스러운 이들의 행동에 이러지도 저러지도 못했다. 엉거주춤하게 서서 두 주먹만 꽉 쥘 뿐이었다.

[어때요, 협객질. 할 만하죠?]

초난희의 짓궂은 울림을 못 들은 척 독고월은 고개를 돌렸다. 인피면구를 쓴 게 오늘처럼 다행인 적이 없었다는 생각을 하며, 비수로 향하던 내공을 거두었다.

당연하게도 꼴 보기 싫은 초난희는 사라졌다.

3

독고월은 곽씨에게 전표 한 장을 주고 나왔다. 큰돈은

아니었다. 모종의 부탁을 들어주고도 남을 정도에 불과해서, 곽씨의 신변에 문제가 생기진 않을 것이다.

화전민촌을 떠난 독고월의 다음 목적지는 이미 정해져 있었다.

만리추종향.

그 실마리를 쫓아 경공술을 펼쳤다.

우르릉.

날벼락이 치는 소리와 함께 독고월의 신형이 쭉쭉 밀려나갔다.

화전민촌의 순박한 이들이 내다봤을 땐, 이미 독고월은 하늘의 점이 되어 사라진 후였다.

잠시 뒤.

탁.

독고월은 만리추종향의 실마리가 느껴지는 곳에서 십리는 떨어진 곳에 내려섰다.

지금부터는 주의를 끌 필요가 없었다. 오늘의 목적은 깽판 치기 위한 게 아니었다. 그들이 있는 위치만 확인하고 올 셈이었다.

지금 그들을 치는 건 자살행위나 다름없었으니까. 물론, 다소 즉흥적인 이유도 있었다.

다각다각.

예를 들면 눈앞으로 지나가는 화려한 마차 때문이었다.

마침 방향도 그쪽이다.

독고월은 그 마차 앞에 멈춰 섰다.

덜컹!

불청객을 발견한 마부는 마차를 천천히 몰았다. 속도를
내지 않은 터라 마차는 독고월의 앞에 쉬이 멈췄다.

"공자, 무슨 일이시오?"

침착한 마부의 태도에 독고월의 눈엔 이채가 흘렀다.

늦은 밤에 수상한 자가 세웠는데도 마부는 푸근한 인상
을 하고 있었다. 지난날 죽은 권노란 마부 노인과는 달라
도 너무 달랐다.

독고월은 제법 정중한 목소리로 요청했다.

"지나가던 과객이다. 마차를 좀 얻어타고 가야겠다. 후
의에 대한 답례는 내 톡톡히 하지."

그러면서 품 안에서 꺼내 든 전표 한 장을 팔랑거렸
다.

필시 이럴 시에는 채찍을 휘둘러 쫓거나, 그냥 마차를
몰아 무시들 하겠지만, 마부는 껄껄 웃었다.

마차 안에서 풋! 하는 웃음소리도 터져 나왔다. 방년의
처녀가 고개를 내밀며 말했다.

"지금껏 들어본 부탁 중, 가장 건방졌어. 재밌을 것 같
아. 올라와."

달칵.

어서 들어오라는 듯이 마차의 문까지 열어줬다.

독고월은 피식 웃고는 마부의 가슴께에 전표를 찔러줬다. 마치 기녀의 가슴골에 찔러주는 듯했다.

마부가 의아했다.

"이게 무엇이오?"

"봉사료."

"공자, 괜찮소이다."

"넣어둬."

그 강권에 마부는 헛기침했지만, 더는 사양치 않았다. 아가씨의 허락이 떨어진 마당에 옥신각신할 필요는 없었던 것이다.

독고월이 올라타자 마차가 천천히 나아갔다.

화려한 외관의 마차답게 내부도 화려했는데, 그에 걸맞게 화려한 궁장을 입은 처녀가 독고월을 쳐다보고 있었다. 호기심 어린 시선이 곳곳을 살폈다. 고개를 갸웃거린 처녀가 말했다.

"이상하네. 목소리 좋은 사람은 잘생긴 법인데."

"세상에 예외는 있는 법이지."

"아니야, 그런 말 하는 사람은 대개 엄청 잘생겼던데."

"바로 그 점을 노린 거지."

독고월의 말에 처녀가 까르르 웃음보를 터트렸다. 좋아 죽겠다는 듯이 발까지 동동 굴러댔다.

낙엽만 굴러가도 웃음을 터트리는 나이다운 싱그러움이
있었다.

"당신 재밌는 사람이구나?"

"재밌긴. 그보다 마차의 속도 좀 올리지. 느려터졌
어."

"와아, 정말 뻔뻔해!"

처녀는 말과 달리 손뼉까지 치며 좋아했다. 너무 신선했
던 것이다. 그래서 마부를 향해 재촉했다.

"아저씨, 전속력으로!"

"네, 아씨."

좌악!

마부가 말채찍을 휘두르자, 마차가 덜컹거리며 빠르게
나아갔다.

그녀가 넌지시 손을 뻗어왔다.

"저기, 손잡아봐도 돼?"

"왜?"

"얼굴과 다르게 손이 매우 고와서. 어떻게 여자 손보다
하얄 수가 있지?"

독고월의 허락이 떨어지기도 전에 그녀는 손을 만지작
거렸다. 그러면서 손과 얼굴을 번갈아 봤다.

"흠, 피부색이 묘하게 다른데? 게다가 손에 붉은 반점도
있고, 이건 또 어째서지?"

어지간한 사람은 구분 못 하는데, 눈썰미가 제법이다.

독고월은 손을 빼내면서 말했다.

"기분 탓이지. 아님, 불빛 탓이거나."

그러고 보니 마차 안을 밝히는 은은한 호롱불이 독고월에게 묘한 신비감을 안겨줬다.

처녀가 고개를 흔들었다.

"아닌데, 내 눈썰미가 보통이 아닌데."

"오늘은 별로인가 보지."

"하긴, 그럴 수도 있겠다."

처녀는 순순히 인정하고는 궁장의 소매 속을 뒤졌다. 주섬주섬 거리다가 뭔가를 꺼내 들었다.

"자, 먹어."

"뭔데?"

"육포야."

딱 봐도 최고급 육포였다. 어째서 육포가 궁장의 소매 속에 있는지 모를 일이지만, 마침 출출했던 터. 독고월은 사양하지 않았다.

질겅질겅.

둘은 마차 안에서 육포를 같이 씹었다.

금세 뚝딱 해치운 독고월이 손을 내밀었다. 생각보다 맛있었던 것이다.

"잘 먹네, 근데 넌 이름이 뭐야?"

육포를 건네며 묻는 그녀의 말에 독고월은 우물거리며
답해줬다.

"월."

"성은?"

"없어."

"정말? 그럼 넌 백정이야?"

깜짝 놀란 표정엔 경멸이란 감정 대신 순진무구함이 자
리했다.

묘하게 익숙한 느낌이다. 그러고 보니 이목구비도 낯익
었다. 흔한 얼굴은 아닌데.

고개를 흔들어 잡생각을 떨쳐버린 독고월이 되물었다.

"요즘 같은 세상에 성 없는 사람이 어딨어?"

"넌 없잖아?"

"난 없는 게 아니지."

"그럼 뭔데?"

"감추는 거지."

성의라곤 눈곱만큼도 없는 대답이었는데, 의외로 처녀
는 금방 수긍했다.

"하긴, 누구에게 숨기고 싶은 상처쯤은 있는 거니까."

그 이후로 더는 캐묻지 않았다.

이번엔 독고월이 물었다.

"네 이름은?"

"혜."

스스로 혜라 밝힌 처녀는 의미심장하게 웃었다. 마치 나만 당할 수야 없지 란 표정이었다.

독고월은 그 말에 고개를 끄덕였다.

"무혜였군."

"뭐, 뭐야? 어, 어떻게 알았어?"

청천벽력이었는지 그녀는 말을 더듬었다. 다람쥐처럼 놀란 표정이 매우 재밌었지만, 독고월이 그녀의 정체를 유추한 건 손바닥 뒤집기보다 쉬웠다.

"얼굴에 쓰여 있지."

"뭐? 그럴 리가 없는데!"

그러면서 비치된 동경으로 제 얼굴을 꼼꼼히 살핀다. 누가 써놨나 싶은 것이다.

순진무구한 정도를 넘어선 멍청함이 느껴지는 것이, 마치 서문평을 보는 것만 같았다.

독고월이 혀를 찼다.

"안타깝군, 그 나이에."

"뭐야, 그거 지금 나 비웃는 거지?"

뿔난 표정을 한 무혜가 좀 더 똑똑한 쪽이었다. 적어도 무시당하는 건 잘 알고 있으니깐 말이다.

"무엄해. 왕족을 능멸하다니."

"왕족을 능멸하면 삼족의 씨를 말려버린다고 하지, 아마?"

"그래. 네 씨를 말려버릴 거야."

"어이쿠, 큰일 났네."

하나도 큰일 안 난 표정으로 손을 내미는 독고월이었다.

반사적으로 육포를 주던 무혜가 경악했다.

"뭐야, 나도 모르게 육포를 줬어! 주리를 틀어줘야 하는데!"

"그냥 애완동물에게 먹이 준다고 생각해."

"그럼 네가 내 애완동물이야?"

"당연히 아니지."

"……!"

무혜가 적잖이 당황했다. 그리고 얼굴이 점점 빨개졌다. 농락당함을 깨달은 것이다.

거기다 독고월은 육포를 질겅질겅 씹으며 매우 편안하게 누웠다. 마차 안은 넓어서 독고월이 다리를 뻗어도 무리가 없을 정도였다. 발바닥을 까닥거리면서 독고월이 물었다.

"어디 갔다 오는 중이지?"

"……."

무혜는 대답하지 않았다. 토라진 듯이 고개를 돌리고 있었다.

일각 여가 흘렀다.

독고월은 답이 없으니 두 눈을 감고 있었다.

되레 무혜가 궁금해졌다.

"왜, 어디 갔다 오는 중이냐고 물어놓고 궁금해하지 않는 건데?"

"예의상 물어본 거야."

"흥! 네가 말 안 해주니깐 그렇지. 빨리 말해줘! 말해주지 않으면 너 내리라고 할 거야."

"귀찮게 구는군. 네 성을 아는 건 간단해."

무혜는 말이 끝나기 무섭게 얼굴을 들이밀었다.

"어떻게 알았는데?"

"네가 아까 네 입으로 왕족이라고 했잖아."

"……."

무혜는 곰곰이 생각했다. 그러다 고리눈을 떴다. 독고월이 그녀의 성을 말한 건 왕족이라고 말하기 전이었음을 상기한 것이다.

"너 지금 나 바보로 보는 거야?"

"그러게, 바보는 아니었네."

"너어!"

무혜가 앙칼진 눈초리로 양손을 허리춤 위에 올렸다.

독고월은 피식 웃었다.

"네 화려하기 그지없는 복장과 마차 하며, 달린 깃발을 봤지. 금실로 용이 화려하게 수놓아진 깃발을 달고 다닐 마차는 흔치 않지."

그제야 무혜는 아! 소리와 함께 손뼉을 쳤다. 마치 그건 몰랐네 란 표정이었다.

"대단해. 내 정체를 그런 식으로 유추하다니."

수행원만 없달 뿐이지, 보면 누구나 알 수 있는 거였다. 게다가 마차를 모는 마부의 무공수위는 꽤 대단했다.

초절정을 코앞에 둔 무인이 마부 노릇을 할 정도라면, 더 말할 필요는 없었다.

무혜가 흐흥~ 거리며 웃었다.

"그럼 네가 지금 얼마나 무례한 짓을 저지르고 있는지 알고 있겠네?"

"그러게, 곧 무서운 일이 벌어지겠군."

"하나도 안 무서운 표정으로 말하지 말라고!"

"아이고, 무서워라."

독고월은 누운 채로 중얼거리며 도로 눈을 감았다.

뿔난 표정을 짓던 무혜가 넌지시 말했다.

"하지만 본 얼굴을 보여주면 용서해줄게. 아무리 봐도 인피면구 같아, 그거."

눈치도 빨랐다.

이미 확신하고 있는 상대에게 부정해봤자 말만 길어질 뿐이었다. 독고월은 두 눈을 감았다.

침묵이 길어졌다.

쿵, 쿵.

무혜가 펄쩍거리며 소리쳤다.

"이봐! 이보라구!"

"왜?"

"보여줘. 보여달라고, 응?"

"나중에 시간 나면 보여주지."

"그런 게 어딨어!"

무혜가 뿔난 표정으로 씩씩거렸지만, 이미 상대는 신경
조차 쓰지 않고 있었다. 무혜는 한참을 난리를 쳤으나 씨
알도 안 먹혔다.

"거의 다 온 것 같군."

독고월이 느닷없이 벌떡 일어나며 한 말이었다. 그리 멀
지 않은 곳에서 만리추종향을 느꼈다.

생각보다 마차가 일찍 도착했다. 마차를 모는 말들도 제
법이었지만, 마부의 솜씨가 좋은 덕분이다.

"곧 왕성에 도착합니다, 아씨."

"응."

마부의 말에 무혜는 아쉬운 마음에 한숨을 내쉬었다.

독고월은 피식 웃었다.

"태워준 선물을 주지."

"얼굴 보여줘!"

"그건 됐고."

휙.

독고월이 품에서 뭔가를 빼내 던져줬다.

탁.

그걸 가볍게 받은 무혜가 쳐다봤다.

한눈에 봐도 값비싼 야명주였다.

"이런 건 집에 엄청 많아! 이딴 건 개나 주고, 얼굴 보여 달라고!"

"그럼 개나 줘."

그리 말한 독고월이 마차의 문을 열었다.

마부가 속도를 늦춰줬다.

대로를 달리는 마차가 서서히 멈췄다.

독고월이 가볍게 착지했다.

"고맙군."

"부디 조심히 가시오."

마부는 그리 말하고는 마차를 다시 몰았다.

무혜가 마차 창밖으로 얼굴을 빼꼼히 내밀었다.

휙!

야명주를 던지며 외쳤다.

"부왕께 말씀드려서 네 얼굴 거죽을 벗길 거야, 그러니깐 각오해에—!"

그 무서운 소리에도 독고월은 손을 흔들어줬다.

"기대하지."

"아유, 분해! 아저씨, 멈춰줘. 당장 내려서 저자를 잡아갈 것이야!"

"그건 안 됩니다, 아씨."

마부는 단칼에 거절하고는 마차를 좀 더 빨리 몰았다.

"내려줘, 내려줘어!"

"이럇!"

무혜의 생떼에 마부는 마차의 속도에 박차를 가했다.

다다다다.

"우왁, 피해!"

"어머머!"

대로변 사람들이 놀라 분분히 물러섰지만, 마차에 달린 깃발을 보고는 고개를 숙이는 데 급급했다.

독고월은 떠나는 마차의 뒤를 보면서 묘한 인연의 끈을 느꼈다. 언제고 볼 날이 있을 것만 같았다. 물론 그렇지 않을 수도 있었고.

"......"

문득 든 생각에 독고월은 멈춰 섰다. 자신이 한 마지막 말을 떠올린 것이다.

─그럼 개나 줘.

자신이 한 말과 손에 들린 야명주.

이미 떠난 마차.

"…이거 한 방 먹었군."

어깨를 으쓱인 독고월은 품 안에 야명주를 넣었다. 언제고 복수해주리라 다짐하면서.

"그나저나 사람 참 많네."

불야성을 이룬 대로변은 자정에 가까운 시간인데도, 여전히 시끌벅적했다.

이곳이 도읍이기도 하나, 야시장이 들어선 게 더 큰 이유였다.

볼거리가 많은 거리.

사람들이 많을 만했다.

독고월은 인파를 헤치고 나아갔다.

만리추종향의 실마리는 점점 가까워졌다.

오랜만에 긴장감이 꿈틀거린다.

독고월은 가볍게 한숨을 내쉬고는 비수를 쥐었다.

쑤욱.

기를 불어넣자 초난희가 모습을 드러냈다.

한데 삐친 얼굴이다.

독고월은 개의치 않고 용건만 물었다.

"물어볼 게 있다."

[그러시겠죠.]

팔짱을 낀 초난희가 입술까지 삐죽 내밀었다.

어째서 저럴까?

의문이 든 독고월이었지만, 그보다 확인이 먼저였다.

"만약 이대로 내가 들이쳐서 야주는 몰라도, 다른 놈들을 썰어버리면 좀 더 쉽게 강호를 구할 수 있지 않을까?"

[…….]

초난희는 강호에서 제일 썰렁한 농담을 들은 사람처럼 쳐다봤다.

기분이 상당히 잡친 독고월이었지만, 순순히 고개를 끄덕여줬다.

"그 재수 없는 표정으로 알겠군."

[아니 다행이네요.]

초난희는 눈까지 흘기며 콧방귀까지 낄 기세였다.

왜 이렇게 기분이 안 좋을까 싶은 독고월이었다. 하지만 굳이 그녀의 기분을 좋게 해줄 필요는 없었다.

전전긍긍할 이유도 없고 말이지.

[허읭!]

하지만 이렇게 괴상한 콧방귀를 껴대니 묻지 않을 수가 없었다.

"뭐 문제 있어?"

[어머, 문제요? 아주 많지요. 대체 여기는 왜 온 거래요?]

"필요하니까."

[하! 그렇게 필요한 게 있으셔서 마차까지 얻어타셨어요?

그리고 풋내나는 어린애까지 꼬셨구요? 그냥 경공술을 펼치면 될 걸, 왜 마차는 얻어타고 오셨는지 도저히 모르겠네요, 전.]

이제 알겠다.

독고월은 어처구니없다는 듯이 초난희를 쳐다봤다.

"설마 질투하는 것이냐?"

[어머, 설마요! 그냥 같은 여인으로서 여인들 방심만 찌르고 다니는 게 영 보기 불편해서 그렇죠. 아니, 아무리 못 먹는 감 찔러나 본다고 하지만, 어떻게 사람이 그리 지조가 없어요. 이러다 아주 그냥, 온 강호의 여인들은 다 상사병 걸려서 죽게 만들겠네! 양. 그리고 말이 나와서 말인데, 상사병 걸린 여인은 이미 한 명으로 충분하지 않아요?]

누군가를 떠올린 듯 한 초난희가 힐난하는 눈초리로 쏘아봤다.

그게 누군지는 독고월도 잘 알았다. 그래서 초난희를 짜증 어린 눈빛으로 노려봤다.

"갑자기 왜 이러지? 네가 아무리 짜증 나는 성격이래도, 남 일에 이렇게 관심 주는 성격은 아니잖아?"

[어머, 제 성격이 어떤데요? 제가 어떤 성격을 가지고 있는데요? 저도 모르는 제 성격, 정말 궁금하네요. 아! 억지로 계약부부로 옭아매는 찰거머리 같은 계집이었죠? 전? 미안하네요. 정말! 쇠심줄보다 끈질긴 계집아이라서!]

말하는 족족히 쏘아붙이는 그녀를 도저히 당해낼 수가 없었다.

독고월은 지끈거리는 머리에 손으로 이마를 짚었다.

"그 이야긴 됐고……."

[…….]

초난희는 팔짱을 낀 채 무슨 소리 할지 두고 봤다. 조금이라도 허튼소리를 하면 면박이란 면박은 다 줄 기세였다. 아미가 밤하늘로 뚫고 올라갈 지경이었다.

독고월이 나직한 목소리를 내었다.

"…아무래도 담판 지어놔야겠다."

'뭘요?' 라고 물을 것도 없었다.

독고월이 무슨 뜻으로 하는 말인지 이미 알고 있는 초난희였다. 이미 확고한 결심이 서린 눈빛을 보며 한숨을 내쉬었다.

[어차피 그러려고 오셨으면서 제겐 왜 물으세요? 남이 하는 말은 콧구멍으로도 안 들으시는 공자님께서.]

비아냥거림은 여전했지만, 독고월은 초난희의 속내를 읽을 수 있었다.

그건 걱정이란 감정이었다. 그리고 그러지 말았으면 하는 눈빛도 느껴졌다.

"그냥 네겐 말은 해둬야 할 것 같아서."

독고월은 맥없이 둘러대고는 걸음을 옮겼다.

한데 주위의 분위기가 이상했다.

거리의 사람들 모두가 독고월에게 집중하고 있었다.

어떤 사람들은 분분히 자리를 피하기도 했다. 혼자 주절대며 성질 내던 독고월 때문이었다.

웬 칼 찬 정신 나간 놈이 비수까지 흔들며, 혼자 떠들고 있으니 무서울 만도 하다.

야경꾼들을 부를까 말까 고민하는 이들도 있었다.

삐익—

아니, 이미 불러 젖혔다.

일단의 무리가 독고월을 향해 달려오고 있었다.

야경꾼이었다.

독고월이 초난희를 바라봤다.

초난희가 소매로 입을 가리며 웃었다.

[이참에 옥살이나 한번 해봐요.]

第 8 章

第 8 章.

1

　야경꾼들에 의해 독고월이 인계된 곳은 관부였다.

　독고월이 그들을 순순히 따라간 데는 다 이유가 있었다. 초난희가 전한 울림 때문이었다.

　옥살이나 하라는 건 무슨 뜻이었을까.

　비수와 월광도를 빼앗긴 터라 그녀에게 물을 순 없었지만, 독고월은 일단 그 말대로 따랐다.

　포두가 나와 다짜고짜 호통부터 쳤다.

　"호패가 없는 게 수상하지만, 보아하니 강호인이군. 이곳에선 병장기 패용이 금지된 걸 몰랐나? 반역을 일으키려는 역적이 아니고서야, 천자가 계신 이곳에서 어찌 감히 병장기를 들이대는가!"

"……."

들이댄 적 없었다. 비수를 들고 주절대긴 했지만 말이다.

포졸들이 삼엄한 눈빛으로 쳐다봤지만, 그들도 잘 알고 있었다. 자신들이 뺏은 것들은 병장기라고 하기엔 무리가 많다는 것을.

날이 없는 거무튀튀한 몽둥이는 그렇다 치고, 여인의 노리개나 다름없는 비수는 좀 그랬다.

그들이 보기에도 병장기라고 하기엔 무리가 있었다.

"그리고 무엇보다 수상한 것은 이 많은 돈. 대체 이곳에 온 목적이 무엇인가!"

탁자 위에 놓인 독고월의 소지품은 대부분 전표와 야명주였다. 모두 서문평의 것이었다.

탕.

포두는 벌게진 얼굴로 탁자를 내리쳤다. 가뜩이나 야시장 때문에 밤샘근무 서는 것도 짜증 나는데, 끌려온 사내는 묵묵부답이었다.

조금도 겁먹지 않은 표정으로 올려다보는데.

독고월은 팔짱까지 끼고 있었다.

포두는 포박하려 했다가 한바탕 당한 야경꾼들이 하소연한 게 불현듯 떠올랐다.

-무, 무서운 자입니다. 부디 심기를 거스르지 마십시오!
무, 물론 건들지만 않으면 때리진 않으니 걱정하지 마십시
오. 대신 절대로! 건드리면 안 됩니다!

-뭐라?

-저, 저흰 이만!

독고월을 인계하자마자 줄행랑을 치던 야경꾼들.

그럴 거면 데려오지 말던가!

포두 이마 위의 힘줄이 당장에라도 터질 듯이 불거졌다.
그도 잘 알았다. 강호인이란 존재가 원래 관부 알기를 개
떡처럼 안다는 것을.

하지만 놈이 한 말은 가관이었다.

"이봐, 너."

"네? 저 말입니까?"

포졸 하나가 저도 모르게 자신을 가리켰다.

"그래, 너! 목마르니까. 가서 물 좀 떠와."

"네, 네?"

포졸이 어리바리하게 되묻자, 독고월이 두 눈을 부릅떴다.

곧 어마어마한 기세가 포졸을 옥죄었다.

"으, 으어어어."

포졸은 벌린 입을 다물지 못하고 두 다리만 벌벌 떨어댔
다.

독고월의 검미가 씰룩였다.

"두 번 말하게 할래?"

"다, 당장 떠오겠습니다!"

죽을 맛이었던 포졸은 독고월이 기세를 풀어주자마자, 부리나케 달려나갔다.

콰당.

"조, 조금만 기다려주십시오!"

가다가 엎어지고 깨지고, 어기적거리며 기어가는 모습이 참으로 애처로웠지만.

독고월은 조금도 신경 쓰지 않았다.

포두나 나머지 포졸은 영문을 몰랐다. 어째서 저놈이 끌려온 죄인을 위해 물을 떠나주려는지 말이다.

그럴 만했다.

독고월이 기세를 집중시킨 건 달려나간 포졸이었으니까.

"저게 미쳤나? 갑자기 왜 저래?"

"그러게 왜 안 하던 짓을 하지?"

나머지 포졸들이 어리둥절해했지만, 포두는 독고월의 여유로운 눈빛에 눈치챘다.

저 빌어먹을 강호인이 뭔 짓을 했구나.

포두가 허리춤의 검을 움켜쥐었다. 포두의 권위를 세우기 위해 호통을 치려는 찰나.

"이보……!"

"아서라, 그러다 맞는다."

독고월의 나지막한 경고에 포두는 검을 뽑지 못했다. 그저 터질 것 같이 붉어진 얼굴로 부들부들 떨 뿐이었다.

독고월은 피식 웃어주고는, 헉헉대며 달려오는 포졸이 건넨 죽통을 받아들었다.

"많이도 떠왔네."

"허, 헉! 많이 드시라구 많이 떠왔습니다."

"수고했다."

독고월은 그리 말하면서 손짓했다.

비지땀을 흘리던 포졸은 저를 부르는 줄 알았지만, 곧 두 눈이 휘둥그레졌다. 포두의 허리춤에 달려있던 돈주머니가 공중 위로 떠오른 것이다.

"뭐, 뭐야!"

"귀, 귀신!"

포두는 물론, 포졸들까지 기겁했다.

돈주머니가 독고월의 손에 안착해서야 그들은 그게 무공이란 걸 깨달았다. 그리고 저잣거리의 널리고 널린 삼류 무인이 아닌 엄청난 고수란 것도.

포두와 포졸들은 벌벌 떨었다.

독고월은 돈주머니에서 은전을 꺼내 들었다.

"자. 술값이나 해."

획.

날아온 동전을 받아든 포졸은 넙죽 허리를 숙였다.

"감사합니다!"

독고월은 거기서 그치지 않았다. 남은 은전을 주위 포졸
들에게도 던졌다.

휘휘휙.

정확히 포졸들의 손에 날아든 은전들.

독고월의 말이 뒤를 이었다.

"너희도 고생 많으니까. 끝나고 술이나 한잔들 해."

포졸들은 이러지도 저러지도 못하고 포두의 눈치만 살
폈다.

포두는 제 돈으로 생색내는 놈에 아무 말 못 하고 있
었다. 지엄한 나랏법이 어쩌고저쩌고하고 싶었지만, 그
지엄한 나랏법이 지금의 자신을 지켜주지 않을 것 같았
다.

누가 그랬다.

법은 멀고 주먹은 가깝다고.

획.

독고월은 포두를 향해 빈 돈주머니를 던졌다.

"빈궁한 주머니 사정을 보아하니 많이 헤쳐 먹지도 못
했군. 너도 참 답답한 놈이다."

"……"

자신의 돈으로 생색내는 것도 모자라, 남의 주머니 사정을 두고 비아냥거리다니. 포두는 자존심이 무척 상했으나, 아무 말 하지 못했다. 그러다 이어진 말에 당황했다.

"남의 돈을 내 맘대로 쓰는 건 어떤 죄에 해당 되지?"

"무, 무슨 말을 하려는 것이오?"

포두가 의심스러운 눈초리를 하자, 독고월이 인상부터 썼다.

"씁! 묻는 말에 대답만."

"…절도죄에 해당하오."

"그럼 나랏법을 어긴 거네?"

"그렇다고 할 수 있소만."

무슨 꿍꿍인지 모를 독고월에 포두는 어리둥절했다. 그러다 양손을 내미는 독고월에 어처구니없어했다.

"무슨 짓이오, 이게?"

"보면 몰라? 체포하라고."

"……!"

모두가 경악했다.

특히 포두는 이자가 지금 대체 무슨 수작인지 가늠하려 했지만, 생각에 그쳐야 했다. 이어진 독고월의 살벌한 경고 때문이었다.

"군말 없이 데려가는 게 좋을 거다. 뒈지고 싶다면 말리지 않겠지만."

2

유유히 제 물건까지 챙긴 독고월은 포졸에 의해 감옥으로 들어갔다.

아니, 안내받았다.

"생각보다 편하군."

옥 안의 허름한 침상에 누워서 할 말은 아니었다.

악취가 제법 났지만, 못 참을 정도는 아니었다. 그래도 손을 휘저었다.

휘이잉.

소매가 휘둘리자 옥 안에서 바람이 일었다.

정체돼있던 악취와 먼지를 밖으로 내보내고 나니 그럭저럭 괜찮았다.

지켜보던 포두는 표정이 말이 아니었다. 독고월이 밖으로 보낸 먼지와 악취를 뒤집어쓰고 만 것이다.

"푸엣춰!"

재채기하고는 코를 감싸 쥐었다. 옆에 있던 포졸들의 반응도 대동소이했다.

독고월은 그들을 보며 멋쩍어했다.

"올라가 봐들. 맥없이 봉변당하지 말고."

"……"

어떻게 하면 저렇게 싹수가 없는 말만 골라서 하는지, 참말로 의문이었다.

포두 이하들은 하나같이 썩은 얼굴로 옥을 떠났다. 물론 나가는 와중에 옥 문을 잠그는 건 절대로 있지 않았다. 마음 같아서는 평생 썩게 해주고 싶지만, 조금 전의 장면을 봤을 땐 녹슨 옥문은 방문보다 못할 듯싶었다.

알아서 쳐 나가겠지.

포두는 제발 그래 주길 바라면서 땅에 떨어진 나랏법과 자신들의 권위에 한숨부터 내쉬었다.

하지만 어쩌겠나.

강호인들은 법 위에 서 있는 자인 것을.

독고월은 그들을 보내놓고는 비수를 만지작거렸다.

초난희를 불러낼까 싶었지만 관두었다. 옥에 들어온 이유를 물어봤자 말해주지 않을 것 같았다.

그녀는 줄곧 방관자의 태도를 고수했다.

어째서일까 싶었지만, 그녀의 말마따나 독고월의 선택에 조금이라도 관여하면 문제가 생긴다고 했다. 굳이 문제를 사서 만들 필요는 없었다.

골치 아픈 건 딱 질색이니까.

"지금 상황만으로 충분한 것을."

독고월은 침상에 누워 주위를 둘러봤다. 습한 벽에 특별한 점은 없어 보였다. 그렇다면 기감을 넓혀 곳곳을 살펴

보는 수밖에.

"......"

독고월이 두 눈을 감았다.

반 경 십 장 안은 개미 새끼 한 마리 놓치지 않을 정도로 모든 게 손에 잡힐 듯이 느껴진다. 죄인들의 숨소리부터 날벌레의 윙윙거림과 땅 위를 제집처럼 다니는 쥐새끼 발자국 소리까지.

독고월의 기감에 모든 것이 잡혔다.

한데 특별한 건 없었다.

어째서 초난희는 그런 말을 했던 걸까? 그냥 별 의미 없는 말이었을까?

부스스.

몸을 일으킨 독고월은 옥문에 손을 가져갔다.

우드득.

잠금장치가 엿가락처럼 휘더니 끊어졌다. 땅에 툭 떨어지며 쨍그랑 소리를 냈다.

원래라면 간수들이 병장기를 들어 막아야 했지만.

"으, 으으!"

"허, 허억!"

저절로 엿가락처럼 휘는 모습에 간수들은 이미 바람결의 사시나무처럼 벌벌 떨었다.

어차피 그리 나올 거면서 왜 들어간 건데!

옥 안에 있던 죄인들도 경악으로 부릅떠진 눈을 하고 있었다. 감히 문을 열어달라는 말을 못할 정도로 놀란 것이다.

끼익.

옥문을 열고 나온 독고월이 주위를 둘러봤다. 간수들 앞의 탁자 위에 놓인 책자가 보였다.

독고월은 가까이 다가가서 책자를 들었다.

수감자 명단이었다.

팔락, 팔락.

종잇장을 넘겨 목록을 확인했다. 곧 독고월의 눈이 이채를 발했다. 익숙한 이름을 확인한 것이다. 설마 했지만, 명단에 쓰여있는 이름은 틀림없었다.

휘휘휘휙!

독고월은 지풍을 날렸다. 목표는 떨고 있던 간수들이었다.

퍼버버벅!

"커헉!"

"꽥!"

"으악!"

"끄윽!"

지풍에 얻어맞은 간수들은 게거품을 물며 혼절했다. 잔뜩 찡그려진 표정들은 하나같이 고통으로 물들어있었다.

"그래도 양심이 있지. 내 핑곗거리는 만들어줬다."

물론 간수들은 그냥 놔두고 가길 바랐을 것이다.

포두나 포졸들이 문책할지언정, 이해해줬을 게 분명했으니까.

쓸데없는 친절을 베푼 독고월은 콧노래를 부르며 더욱 깊숙한 곳으로 들어갔다. 특수 감옥은 이곳보다 좀 더 밑이었다.

옥 안은 들어갈수록 더욱 음침해졌다.

악취와 소음, 거친 숨소리가 들려왔다. 쇠창살에 얼굴을 내밀고 있던 놈 하나가 말했다.

"이봐, 너 처음 보는 얼굴……!"

빠악.

독고월이 날린 지풍에 이마를 호되게 얻어맞은 놈은 그대로 나가떨어졌다. 게거품과 함께 코피를 쏟은 것이 족히 며칠은 고생할 듯 보인다.

그 모습을 본 다른 죄인들은 숨을 죽였다. 괜히 말 붙였다가 저런 꼴을 당할까 두려웠던 것이다.

저벅저벅.

한참을 걷던 독고월이 멈춰선 곳은 커다란 옥 문 앞이었다.

특이하게도 이중 삼중으로 잠금장치가 되어 있었는데, 놀랍게도 문을 열려고 시도하면, 기관장치가 작동되게 되어있었다.

어떤 기관장치인지 모르겠으나, 범상치 않을 것은 분명했다.

얼마나 대단한 이라고.

"노친네에겐 과하지."

독고월의 나지막한 웃음은 안면이 있는 인물인 듯했다.

스르릉.

월광도를 빼어 들었다. 단박에 옥 문의 잠금장치를 잘라내려는 것이다.

"누구요?"

힘없는 목소리가 옥 문 안쪽에서 들려왔다.

독고월이 대꾸해줬다.

"널 꺼내줄 귀인."

"어떻게 말이오?"

"문을 부숴버려서."

"그, 그만두시오. 그럼 난 죽소. 쓸데없는 짓 하지 말고 그냥 가시오."

늙수그레한 그 목소리에선 두려워하는 기색이 역력했다. 기관장치를 두려워하는 것이다.

독고월이 조소를 흘렸다.

"난 단 한 번도 쓸데없는 짓을 한 적이 없지."

"바로 그 쓸데없는 짓이 지금 하려는 미친 짓이오. 가시오. 난 아직 죽고 싶지……!"

"귀 막아."

"하지 말라고 했잖소!"

"말귀 못 알아먹는 노친네의 고막 터트리고 싶진 않으니까. 귀나 막지."

"허어! 정말 꽉 막힌 사람이구려."

답답해하는 기색이 느껴진다.

독고월은 월광도를 뒤로 젖혔다.

옥문을 잠금장치와 함께 부숴버릴 심산이었다.

"난 귀 막으라고 경고했다."

"쓸데없는 짓 하지 말고 돌아가시……!"

"노친네!"

냉소와 함께 광폭한 기세가 터져 나왔다.

옥문 뒤에 있던 노인이 서둘러 몸을 웅크렸다.

콰아앙!

월광도가 옥문을 있는 힘껏 때렸다. 옥문의 잠금장치가 터져나가는 것도 모자라, 쿵 소리와 함께 옥문이 산산조각이 났다.

독고월의 무지막지한 내력이 그리 만든 것이다.

"하지 말라고 했잖아아아아—!"

비명과 같은 노인의 외침이었다.

덜커덩!

옥 문이 부서지자 기관장치가 작동하기 시작했다.

3

슈슈슈슈슈슉!

사방에서 암기의 비가 쏟아져 내렸다.

번들거리는 쇠붙이들의 소낙비.

목적지는 안쪽, 결부된 노인이었다. 참담한 안색을 한 노인이 욕설을 퍼부었다.

"야 이 씨부럴 놈아! 내가 그냥 가랬지이—!"

순식간에 노인의 온몸을 향해 밀어닥치는 암기들!

무슨 기관장치가 침입자가 아닌 수감자를 노린단 말인가.

"끼아아악!"

노인이 목놓아 비명을 질러대던 그 순간.

파앗.

독고월이 손을 뻗었다.

두두두두두두두!

둔탁한 음향들은 마치 장맛비가 우산을 두들기는 것만 같았다.

얼마의 시간이 흘렀을까.

"......."

두 눈을 감고 있던 노인이 슬며시 눈을 떴다. 의외로 고
통이 없다는 사실에 의아했던 것이다. 주위를 둘러본 노인
은 황당해했다.

몸을 헤집어야 할 암기들이 바닥에 널브러져 있었다.

노인은 처음에는 어리둥절해했지만, 곧 발견할 수 있었
다. 자신의 몸 주위로 푸르슴한 기막이 펼쳐진 것을 말이
다. 이게 얼마나 말도 안 되는 짓인지는 노인이 더 잘 알았
다.

제 몸에 두르기도 벅찬 호신강기를 남에게 펼친다?

"초, 초절정 무인이 아니고서 어찌 이런……."

노인이 더듬더듬 말하다가 그런 자가 눈앞의 청년임을
깨달았다. 어미 뱃속에서부터 무공을 익혔다고 해도 불가
능한 경지가 초절정이다. 한데 눈앞의 청년은 약관이나 됐
을까 싶은데, 그런 경지에 도달해 있는 듯했다.

안 그럼 널브러진 암기들이 설명되지 않았다.

청년 독고월이 월광도를 겨눴다.

노인의 주름진 노안이 당황으로 물들었다.

"서, 설마 이 노부를 죽이려고 온 건가? 이럴 거면 왜 암
기를 막은……!"

독고월은 대꾸없이 단 두 번의 칼질만 했다.

쉭쉭!

노인이 칼질 한 번 더럽게 빠르다는 생각을 끝으로, 두 눈을 질끈 감았다.

스컹, 스컹!

섬뜩한 절삭음이었다.

노인의 감은 눈꺼풀이 파르르 떨렸다. 양 손목이 자유로워지는 걸 느꼈다. 손목이 잘렸다면 고통이 찾아왔을 것이다. 하지만 지금은 고통이 아닌 홀가분함만이 느껴졌다.

덜커덩.

노인의 손목을 구속했던 쇳덩이가 땅바닥에 떨어졌다.

"허억!"

참았던 숨을 토해낸 노인은 서둘러 손목을 확인했다. 멀쩡한지 보려는 것이다. 다행히 손목은 멀쩡했고, 땅에 떨어진 쇳덩이만 말끔하게 잘려 있었다.

"으어어!"

그래도 무서운 건 마찬가지였다. 주책없게 오줌까지 지릴 뻔했다.

"노친네가 겁이 많군."

"소, 손목이 잘릴 뻔했다고!"

"이참에 아예 잘라줘?"

섬뜩한 독고월의 말에 노인은 얼른 태도를 바꿨다.

"그러지 말게. 내 그냥 해본 소리네. 그나저나 자넨 대체 누군가? 노부는 왜 구해줬는가?"

노인의 물음에도 독고월은 제 할 말 했다.

"신투(神偸) 구도 맞지?"

"노, 노부가 아는 사람인가? 혹 누군가 날 구하라고 명 내렸는가?"

구도라 불린 노인도 제 궁금한 점만 물어왔다. 혹 자신이 아는 사람이 보낸 건가 싶은 것이다.

독고월은 피식 웃었다.

"다 늙어 이빨 빠진 호랑이도 아니고, 좀도둑질하다 잡힌 이빨 빠진 늙은 도둑을 누가 구해줘?"

"……!"

구도의 안색이 참담하게 일그러졌다. 자신의 예상이 빗나간 건 둘째 치더라도, 독고월의 냉소적인 언행이 비수가 되어 폐부를 찔렀다.

"그럼 자네는 왜 노부를 구해준 건가. 아무 쓸모도 없는 폐물을!"

"오랫동안 갇혀있다가 보니 머리가 잘 안 돌아가지?"

"뭐, 뭐라고?"

구도의 안색이 시뻘게졌다.

독고월은 주위를 둘러보며 피식 웃었다.

"이런 기관장치는 대체 누구 머리에서 나온 생각이었는지 원. 죄인이 탈옥하려고 나가는 순간 죽인다, 이건가? 하여튼 제갈 세가놈들은 머리는 나쁘지 않은데, 인정머리가 없어."

누가 이 기관장치를 만들었는지 한눈에 알아보자 구도가 놀랐다.

"자네가 그걸 어찌 알고 있는가?"

"그건 알 거 없고. 이제 시간 충분히 줬으니까. 그만 일어나지?"

"……."

구도는 기분이 좋지 않았지만, 일단은 시키는 대로 일어났다. 상대가 고수인 것도 있었지만, 구도는 지금 무공을 쓸 수가 없었다. 힘이 없으니 따르는 수밖에.

독고월이 팔짱을 꼈다.

"흠, 내공 금제법이라."

"……!"

구도는 한눈에 자신의 상태를 알아보는 그에게 전율을 느꼈다.

독고월이 구도를 향해 넌지시 물었다.

"무공을 되찾고 싶나?"

"자, 자네가 이 금제법을 풀 수 있단 말인가?"

구도는 말도 안 되는 소리란 걸 알면서도 되물을 수밖에 없었다. 그 정도로 자신의 몸에 가한 금제법은 아무나 풀 수 있는 게 아니다.

그 금제법이 있었기에 이 기관장치로 전설의 신투, 구도를 묶어둘 수 있었던 것인데.

"남궁세가의 얼치기 남궁일이 가한 금제잖아?"

"아, 아니 그걸 어떻게 알았는가!"

구도는 너무 놀라 주저앉았다.

독특한 점혈법과 세밀한 내력으로 가한 터라 함부로 건들 순 없는 남궁일만의 금제법.

독고월은 이 금제법을 풀 방법을 알고 있었다.

수도 없이 봐왔으니까.

"다시 한 번 묻지. 무공을 되찾고 싶은가?"

"그렇다네!"

생각만으로도 감격에 겨웠는지, 구도는 부르르 떨었다.

"그럼 대가는……."

"뭐든지 말 만하게. 이 노부가 줄 수 있는 거라면 뭐든지 주겠네. 아니, 뭐가 갖고 싶은가? 이 노부가 무공을 되찾는 즉시 가져다주겠네!"

"하여간 세 살 버릇 여든까지 간다고. 좀도둑질할 생각만 해대지."

그 비아냥거림에 흥분했던 구도는 수그러들었다. 속으론 구시렁댔지만, 입 밖으로 내진 않았다. 내공 금제법만 풀 수 있다면 당장의 수모는 참을 수 있었다.

"어이, 좀도둑."

하지만 이런 호칭은 참을 수가 없었다. 자신의 직업에 대한 자부심 하나는 끝내주는 구도였다. 당장에라도 호통을 치려고 입을 벌렸다.

"왜 그러는가? 공자, 내 모두 들어주겠네."

물론 무공을 되찾은 뒤에 그럴 것이다. 지금은 수그려야 할 때다.

"생각보다 이곳 보안 상태가 제법이야. 어리숙한 포두와 포졸들은 미끼인 것 같군."

"그게 무슨 말인가?"

"고수들이 오고 있어. 아니, 이미 왔군. 좀도둑 빼내가기 번거롭겠어."

"어서 내 무공의 금제를 풀어주게! 그럼 빼내기가 좀 더 수월할걸세!"

독고월은 피식 웃었다.

"누굴 얼치기로 아나. 무영보로 도망치려는 수작을 내 모를 줄 알고?"

"아, 아니네! 그럴 리가 있나. 난 은혜를 원수로 갚는 개돼지만도 못한 자가 아니네!"

찔끔한 구도는 호언장담했다. 어떻게 된 놈이 자신의 독문무공을 알고 있는지보다, 무공을 푸는 게 더욱 중요했기에 필사적이었다. 믿어달라는 듯이 억지로 웃는 낯까지 지어 보였다.

물론 독고월은 처다도 안 봤다.

이미 관부에 소속된 고수들이 옥 안으로 쏟아져 들어오는 중이었다.

독고월은 손가락을 까닥였다.

"따라오기나 잘해."

"내공을 쓸 수 있게 해주면 내 잘 따라가겠네!"

"팔다리까지 아예 못 쓰게 만들어줘?"

"……."

세상에 다시 없을 끔찍한 협박에 구도는 말문을 닫았다. 속으로 욕을 한 바가지 했지만.

저벅저벅.

독고월이 걸음을 옮겼다.

죄수들이 창살로 얼굴을 내밀어서 독고월을 애원하는 눈초리로 바라봤다.

풀어달라는 거다.

자신들이 혼란을 일으키면 빠져나가기 쉬울 거라고 중얼거리는 죄수도 있었다.

제법 머리가 돌아가는 놈이었다.

독고월이 귀찮다는 듯이 말했다.

"고개들 집어넣어라. 죄를 지었으면 마땅히 죗값을 치러야지."

"……!"

그럼 네 뒤에 있는 쟨!

이라는 듯 눈알을 부라리는 죄수에 독고월은 지풍으로 답해줬다.

휘익, 퍽!

"끄악!"

머리가 깨지진 않았지만, 이마가 피로 흥건한 것이 사흘 뒤에나 깨어날 듯했다.

죄수들이 질린 시선으로 바라보았다. 물론 고개들은 쇠창살 안으로 집어넣은 뒤였다.

누구도 숨소리조차 내지 못했다.

독고월은 만족스러운 얼굴로 앞장섰다.

뒤따르는 구도의 표정은 좋지 않았다. 죗값을 치러야지라고 말한 부분에서 왠지 모를 불길함을 느껴서다.

"멈춰라!"

좁은 복도를 막아선 일단의 무리들.

관부에 속한 고수들이었다. 포두 이하도 그들의 뒤에 서 있었다.

포두가 삿대질을 하며 외쳐댔다.

"소인이 말씀드린 자가 바로 저자입니다! 대역죄인을

빼내가려는 걸 보아 일행임이 분명합니다. 나랏법으로 중히 다스려야……!"

"접어."

독고월이 한 말이었다.

반발심을 가질 만도 했지만, 쳐다보는 눈빛이 너무 무서웠다. 푸른 귀화가 눈동자 속에 타오르는 착각마저 들 정도였다.

포두는 삿대질하던 손가락을 슬그머니 접었다. 기세등등하던 모습은 온데간데없었다.

관부의 고수들이 한 발 나섰다.

"나랏법을 어긴 것도 모자라, 대역죄인을 어디로 데려가는 것이냐!"

추상같은 호통에 독고월이 뒤를 돌아봤다.

"대역죄인?"

독고월의 시선 끝에 있던 구도가 목을 긁적였다.

"오래전에 옥쇄를 훔쳤던 사실이 최근에 밝혀져서 말이네."

"그 목 조만간 잘려나갈 거였군."

"허허."

구도는 어색하게 웃었다.

"어쩐지 무림맹의 감옥에 있어야 할 좀도둑이 이딴 곳에 썩고 있는 게 이상하다 싶었더니 그런 사정이 있었군."

"당연히 제자리에 갖다 놓았었다네. 하지만……."

구도의 변명에 관부의 고수 중 하나가 끼어들었다.

"그래도 사형수임은 틀림없다. 대역죄인으로 삼족을 멸하기 전에 당장 무릎 꿇고 오라를 받으라."

"그간 나라의 녹 좀 먹었다 이거지. 강호인이 언제 나랏법 아래에 있는 거 봤어?"

독고월의 조소에 관부의 고수들의 눈빛이 달라졌다.

우두머리로 보이는 최고수가 검을 뽑았다.

"검진을 펼쳐라!"

채채채챙!

좁은 공간을 날카로운 검들이 수놓았다.

착착.

검진까지 갖춘 관부의 고수들.

제법 기개가 있고, 검진 자체도 완성도 면에서 나무랄데가 없었지만, 상대가 나빴다.

독고월은 자그마치 초절정 고수였다.

"특별할 것 없는 놈들 상대로 질질 시간 끄는 게 대역죄지."

독고월은 냉소적인 말이 끝나기 무섭게 쌍장을 떨쳤다.

후우우웅!

어마어마한 장력이 쏜살같이 날아갔다.

당황한 관부의 고수들이 내력을 끌어올려 당당하게 맞서보려고 했다.

"절대방어진을 펼쳐라!"

"차하아아압!"

"으아아아압!"

차차차차차창!

검진을 형성한 채 장력을 해소 하기 위해 사방팔방 날뛰어다니며 용을 써댔지만.

뻐어어어엉!

단 한 방에 싸그리 날아갔다. 독고월과 수준 차이가 어마어마한 덕분이었다.

쿵쿵쿵쿵!

날아간 관부의 고수들이 하나같이 벽을 들이박는 소리가 터져 나왔다.

"쿠엑!"

"꽥!"

대동소이한 신음성과 함께 관부의 고수들은 고개를 떨어트렸다. 죽진 않았지만, 정신 차리려면 족히 한 시진은 필요할 터다.

마치 폭풍이 집채를 통째로 날려버린 모양새다.

초라하게 서 있던 포두 이하들이 서로 돌아봤다. 그리고 다짜고짜 넙죽 엎드리고 봤다. 자신들이 불러온 고수들이

250 4

반항 한번 하지 못하고 나가떨어졌는데, 더 버티는 건 객기였다.

독고월은 그들을 일별하고 구도를 향해 손가락을 까닥였다.

"가지."

"아, 알겠네."

구도의 목소리는 잘게 떨렸다. 쓰러진 관부의 고수들이 어떤 이들인지 누구보다 잘 아는 그였다. 황실 최고의 무력단체인 금의위 정도는 아니어도, 구성원 면면은 수준이 제법 높은 집단이었다.

일류 중의 일류인, 초일류라고 할법한 무인들을 단 한 방에 정리하다니.

새삼 등을 보인 상대의 수준이 피부로 느껴졌다.

"만약 샛길로 새면. 내 장담하건대, 차라리 이 옥에 썩는 게 나았다는 걸 깨닫게 해주지."

그리고 협박도 수준급이었다.

第 9 章

第 9 章.

1

"오라버니, 깨어났어요?"

천천히 눈을 뜨는 모용준경에 모용설화의 안색에 화색이 돌았다.

모용준경은 멍하니 있다가 주위를 둘러봤다. 어떻게 된 상황인지 가늠하려는 것이다.

침상 옆 창밖으로 여명이 보였다.

새벽? 그렇다면 용봉대전은?

"……."

모용준경은 곧 졌음을 깨달았다. 독고월이 파고들려던 검날을 잡은 모습이 떠올랐다. 그러고는 후송된 장면이 뒤이어 떠올랐다. 의원의 부축을 받으며 가다가 그대로 고꾸

라졌던 자신이었다.

그 정도로 큰 부상을 당했나.

모용준경은 씁쓸한 미소를 지었다. 목과 전신에 감긴 무명천과 아릿한 통증이 꿈이 아님을 말해줬다.

모용설화가 모용준경의 손을 잡아줬다.

"다행히 전신의 검상은 그리 깊지 않아 생명에 지장은 없는데, 당분간은 말하지 말래요. 목의 상처가 벌어질 수도 있다고요. 만약 반의반 치만 더 들어갔다면 큰일 날 뻔했다니깐, 무리는 금물이에요. 알겠죠, 오라버니?"

"……."

모용준경은 고개 대신 두 눈을 끔뻑였다.

모용설화는 궁금해할지도 모를 상황을 설명해줬다.

"오라버니가 혼절한 건 부상보다 심적인 충격이 컸던 거래요. 아무래도 심마에 빠진 것 아니냐며 의원과 아버지가 걱정 많이 했어요. 의원도 그럴 가능성이 농후하다며 최대한 안정을 취해야 한댔어요."

걱정 어린 동생의 눈빛에 모용준경은 손을 잡아줬다. 걱정하지 말라는 듯이.

그 심유한 눈빛에 모용설화는 안도의 한숨을 내쉬었다. 심마에 빠진 자의 눈빛이 아니어서다. 지는 것도 모자라 죽을 뻔한 충격에 혼절한 게 분명했다.

"하여튼 돌팔이라니까. 심마라니 말도 안 되지. 오라버

256 4

니가 어떤 사람인데, 경기 도중에 심마에 빠지겠어요. 그렇죠?"

"……."

동생의 말을 들으면서 모용준경은 두 눈을 감았다.

의원과 아버지의의 말은 사실이었다.

실제로 모용준경은 심마에 빠져 무리를 했다. 믿고 있었던 가치가 종잇장처럼 구겨진 탓이다. 도저히 용납할 수 없는 군백의 말들이 떠올랐다.

-뭐야? 얘기가 틀리잖아?

-하여튼 너 같이 꽉 막힌 놈들만 보면 웃음만 나오지. 각본대로 되지 않아서 어떻게 할지 고민이 됐었지만, 임무는 완수해야지 않겠어?

정말 믿고 싶지 않았지만, 모용준경의 뛰어난 머리는 전후 사정을 이미 어느 정도 파악한 뒤다.

처음엔 군백이 속한 마교의 사적인 목적일 거라 여겼다.

세작을 심어두기도 위한 걸 테니까.

하지만 세작 임무였다면 '얘기가 틀리잖아!' 라고 말을 할 이유가 없었다.

분명 군백은 내부자로부터 제안을 받고, 용봉대전에 참가했다. 모종의 목적을 띤 채 말이다.

모용준경은 그 모종의 목적이 뭔지를 어느 정도 눈치챘다. 그래서 참을 수 없는 역겨움에 구역질이 나올 것만 같았다.

꾸욱.

모용준경이 침상 위의 이불을 움켜쥐었다. 그 손등 위로 핏줄이 선명하게 불거졌다.

"……!"

모용설화의 아미가 잘게 떨렸다. 보기 드물게 분노한 모용준경의 모습이었다.

그 정도로 독고월과의 비무를 원했던 걸까?

모용설화는 어두운 낯빛을 했다. 무공을 익힌 무인으로서 그 심정을 이해한 그녀다. 그런데 그게 엉클어졌으니 분노할 만도 하다고 여겼다.

물론 모용설화가 생각하는 것이 모용준경이 분노하는 이유 중 하나이긴 하다.

지금은 그보다 더 큰 이유가 있었다.

북리천극.

모용준경의 뇌리에 무림맹주가 떠올랐다. 비각이 군백을 걸러내지 못했다면, 어쩌면 내부에서 일부러 걸러내지 않았을 가능성이 농후했다. 마침 각본대로 되지 않았다고 했던 군백의 말이 이 가능성을 뒷받침해줬다.

그렇다면 목적은 뭘까? 원치 않은 이의 우승을 막기 위한 게 아니었을까? 그렇다면 원했던 이가 우승함으로써 얻어지는 뭘까?

명예에 죽고 못 사는 위인인 북리천극이라면 당연히 뭘 얻겠나.

만약 신임 무림맹주의 아들이 용봉대전에서 압도적으로 우승한다면 북리세가의 위명은 만방에 떨칠 수 있지 않을까?

모용준경은 그 생각이 절대 과하지 않음을 잘 알았다.

그럼에도 속단은 금물이었다. 아직 모든 게 확실시된 것도 아니고, 어쩌면 군백이란 자가 마교에서 분탕질을 하기 위해 보낸 거일 수도 있다.

군백이 모용준경을 죽이려고 했던 것만 봐도, 충분히 알 만한 사실이었다. 정파무림의 가장 큰 축제의 위신을 떨어트리면 그들에겐 여러모로 나쁘지 않았다. 거기다 모용준경의 내부고발을 노리고, 일을 벌였을 가능성도 있었다.

"……."

모용준경은 입을 한일자로 굳게 다물었다. 한쪽으로만 치우쳐서 생각하기엔 너무 큰 일이었다. 실제로 마교를 개입시켰다는 의혹만 있을 뿐이지, 증거가 없는 상황이다.

"오라버니, 무슨 생각을 그리하세요?"

모용설화가 조심스럽게 물어왔다. 모용준경이 격분한 것처럼 보인 탓에 의원의 말대로 심마인가 싶었다.

걱정하는 기색이 역력한 동생에 모용준경은 고개를 가로저었다. 걱정하지 말라고 입을 떼려는데, 동생 모용설화가 손사래를 쳤다.

"아니에요, 오라버니. 말하지 마요. 지금은 안정 또 안정을 취해야 하니까. 그냥 고개만 끄덕이거나 여기에 써주면 돼요."

"……."

그나마 팔은 멀쩡했던 모용준경은 고개를 끄덕이며 종이와 목탄을 받았다. 사려 깊은 모용설화에 고마웠다.

삭삭.

모용준경이 종이에 목탄을 휘갈겼다. 그리고는 동생을 향해 들었다.

'형님은?'

"간밤에 나가신 뒤로 지금까지 안 들어오셨어요. 무슨 일인지 언질도 안 주신 터라. 다들 걱정이 이만저만이 아니에요."

사사삭.

종이 위의 목탄이 글자를 만들어냈다.

'그렇군, 하면 설화 네가 새벽까지 날 간호한 건가?'

"틈틈이 잤으니까 걱정하지 말아요."

모용설화가 배시시 웃었다.

그걸 본 모용준경은 한숨을 길게 내쉬었다. 동생의 표정

260

을 보건대 걱정만 줄기차게 하다가, 한숨도 못 잤을 것이 분명했다. 기분 탓인지 몰라도 눈 밑이 거뭇해 보였다.

사사삭.

'너도 참. 그보다 다른 사람들은 어때?'

"아버지께는 제가 간호할 테니 걱정말라며 등 떠밀었고요, 아직 어머니의 귀에는 당분간 말하지 않기로 했어요. 걱정 많이 하실 테니깐요. 아인은 어떨지 모르겠지만."

"……."

잘했다는 듯이 고개를 끄덕이던 모용준경은 남궁아인의 이야기에 딴청을 피웠다.

모용설화가 부드럽게 웃었다.

"우리의 일행들께선 간밤에 잠깐 왔다 갔어요."

모용설화는 쓰게 웃었다. 가해월은 몰라도 서문평과 아민이 온 이유는 병문안보다 독고월을 찾는 기색이 역력했다.

한데 가해월의 말이 은근히 신경 쓰였다.

-네 오라비 놈이 깨어나거든. 전해줘. 입을 다물고 있는 게 신상에 좋을 거라고. 이미 지나간 일 들춰서 좋은 건 없다고 말이지. 그리고 본녀는 잠깐 나갔다 오마. 본녀 보고 싶거든 조금만 참으라 그래.

모용설화가 주저하다가 말해준 가해월의 전언에 모용준경은 딱딱하게 굳었다. 가해월의 말이 기분 나빠서가 아니었다.

사삭.

'잠깐 혼자 있게 해줄래.'

모용준경은 목탄을 놀리고는 돌아누웠다.

모용설화는 종이를 받아들고는 고개를 끄덕였다.

"알았어요, 오라버니. 혹시 몸이 좋지 않거나 그러면 날 꼭 불러줘요."

그리 말한 모용설화는 걱정 어린 눈빛으로 한 번 본 뒤, 문을 열고 나갔다.

내실에 혼자 남은 모용준경의 눈빛은 점점 어두워졌다.

2

해가 중천에 떴다.

대망의 결승전이 벌어지기까지 이 각 앞둔 남은 비무장.

이곳은 벌써 인산인해를 이루고 있었다. 전날보다 더 많은 인파가 몰린 것이다. 쟁쟁한 정파의 후기지수들은 떨어졌지만, 강호에 혜성처럼 등장한 협객 독고월과 듣도 보도 못한 신성 군백의 결승전은 단연 화젯거리였다.

그렇기에 사람들은 누가 용봉대전에서 우승할지, 저 창천검의 주인이 누구일지 의견이 분분했다.

명성대로라면 두말할 것 없이 독고월의 승리다.

하지만 모용준경을 농락하던 군백 또한 그의 상대로서 부족함이 없었다.

어쩌면 이변이 벌어질 수도 있다.

그랬기에 사람들은 기대 어린 표정으로 비무대를 바라봤다.

그런 이들 중 하나인 어린애가 긴장감 넘치는 얼굴을 하고 있었다. 안 어울리게 죽립을 쓰고 있는 조막만한 그 어린애는 손가락을 꼬물거렸다.

"형님이 당연히 승리하시겠지만, 왠지 걱정되오."

"뭐가 말인가요, 소협? 혹 형님이 질지도 모른다는 불길한 생각 때문에 그러는 거예요?"

옆에서 똑같은 죽립을 쓴 아민의 물음이었다.

서문평은 벌게진 얼굴을 했다.

"아민 소저! 형님의 우승은 인생의 진리이자 부인할 수 없는 숙명이오! 아직도 그걸 모르시다니 참으로 개탄스럽소. 단언컨대, 내 형님은 강호에서 가장 완벽한 영웅이시오!"

어련하시겠지.

아민은 형님예찬론자인 서문평에 입술을 삐죽 내밀었

다.

그렇게 무시해대는 사람이 뭐 좋다고 그리 침을 튀겨대며 열변까지 토하며 치켜세울까.

"그럼 대체 왜 그러는 데요? 그렇게 물고 빠는 형님께서 우승할 걸 믿어 의심치 않는다면서요?"

아민의 목소리가 자연히 뾰족해졌다. 비아냥거림이 다분했다.

누구나 아는 소녀의 비아냥을 서문평만 몰랐다.

"그 물고 빠는 형님께서 우승하시면 말이오. 그 이후가 문제란 말이오."

"왜요?"

정말 궁금했다. 대체 우승하면 뭐가 문제인지 알 수가 없었다.

서문평의 미간에 안 어울리게 주름까지 새겨졌다.

"수상자가 문제란 말이오."

"수상자요? 당연히 무림맹주님이 하는 게 맞는……!"

"틀렸소!"

보기 드문 서문평의 외침이었다.

"완전히 틀렸소!"

서문평은 거기서 그치지 않고 두 번이나 강조했다.

화들짝 놀란 아민이 눈물을 글썽거릴 정도였다. 주춤거리며 물러나던 아민이 소리쳤다.

"너, 너무해요!"

"아, 잠깐만 기다리시오!"

당황한 서문평이 얼른 뛰쳐나가려는 아민의 손을 낚아챘다.

달래주기 위해서인 듯했지만, 들어보니 그건 또 아니었다.

"아민 소저, 왜 그런 허튼소리를 하는 것이오? 다음부터 그런 말도 안 되는 소리는 자제해주시오. 내 이번은 그냥 넘어갈 테니 그 꽁한 마음이나 풀어주시오."

하나도 위로가 안 됐다. 오히려 열불을 뻗치게 하였다.

아민의 눈꼬리도 하늘로 치솟았다.

당연히 눈칫밥은 쌈 싸먹은 서문평이 알아챌 리 만무했다. 그저 제 할 말만 하고 있었다.

"형님처럼 대단한 분에게 부상을 수여해줄 분은 오로지 남궁일 대협이 유일하오. 상상해보시오! 그 얼마나 멋진 광경이란 말이오. 인의무적으로 이름난 천하제일 대협께서 강호제일의 쾌남이자 호걸, 그리고 인세에 다시없을 걸출한 영웅이 될 독고월 형님께 창천검을 건네주는 모습을 말이오. '본인의 후계자는 용봉대전의 우승자인 독고월이 유일하오!' 이리 선언하는 걸 상상해보란 말이오!"

"……."

아민은 중증도 이런 중증이 없다는 생각을 하며 입을 꾹 다물었다.

서문평은 상상만으로도 좋았는지 아랑곳하지 않고 감격에 겨워했다.

"크흑!"

제가 상상해도 눈물이 날 정도로 멋졌다.

남궁일 대협과 독고월 형님이 창천검을 두고 마주 서 있다니.

그야말로 한 폭의 그림이었다.

얼굴은 물론 목까지 벌게질 정도로 서문평은 상기되어 있었다. 흥분한 어린이의 눈빛이 비무장 옆의 대기실로 향했다. 양 주먹을 불끈 쥐며 부르르 떠는 것이, 상상만으로도 벌써 기분이 고조된 된듯 보였다.

이쯤 되면 서문평의 성적 취향에 의구심을 가질 만도 했다.

싹수가 좀 보였지만 아민은 한숨을 내쉬었다. 너무 앞서 갔다.

"소협, 그보다 사흘 전 제게 하신 말씀이 사실인가요?"

"응? 그렇소만 왜 그러시오?"

"혹 그래서가 아닐까 해서 말이에요."

"……."

서문평은 갑자기 말문을 잃었다. 사흘 전 아민에게만 했던 말이 떠올라서다. 어쩌면 그래서 인세에 다시없을 멋진 장면이 무위로 돌아간 게 아닐까 싶은 것이다.

풀죽은 서문평에 아민이 얼른 등을 토닥여줬다.

"아니에요, 이건 추측일 뿐이잖아요. 무슨 연유가 있으시겠죠. 절대로 그래서는 아닐 거예요."

"후우."

서문평은 안 어울리게 깊은 한숨까지 내쉬었다.

아민이 서둘러 화제를 전환했다.

"그보다 아침에 그 존경해 마지않는 형님을 보니 어떠셨어요? 오늘도 멋있었어요?"

독고월 이야기에 서문평의 우울한 분위기가 확 달라졌다.

"후후, 듣고 놀라지 마시오."

음흉한 웃음까지 흘리고 있었다.

아민은 놀라워하며 얼른 물었다.

"혹 정겨운 대화라도 나눈 거예요?"

"그렇다고 할 수 있소."

"정말요?"

"형님께서 본인을 보며 말씀해주셨소."

"뭐라구 하셨는데요? 독고월 형님이 소협에게 대체 뭐라고 했는데요? 궁금해 죽겠으니까, 얼른 말해줘요."

서문평을 위해 호들갑이란 호들갑은 다 떨어대는 아민이었다.

서문평은 흐뭇한 얼굴로 말했다. 그 당시를 상상하는 것
만으로도 좋았나 보다.

"형님께서 '귀찮게 하지 말고 저리 가!' 라고 하셨소."

"……"

"후후, 그래서 멀찌감치 서서 형님의 뒷모습만 하염없
이 바라보았소. 평소라면 '꺼져!' 라며 살기까지 보이셨을
텐데, 오늘은 부드럽게 '저리 가.' 라고만 하셨소. 그런 정
겨운 대화는 참 오랜만이었소."

이 화상아 그건 대화가 아니잖아.

귀찮은 티가 역력한 독고월의 찡그린 얼굴이 떠올랐다.
그걸 보고도 정말로 좋아하는 서문평을 보자니.

"……"

아민은 두 눈을 감을 수밖에 없었다. 이렇게까지 자신을
싫어하는데도, 그 말 한마디 해준 것이 좋아 어쩔 줄 모르
는 서문평에게 어떤 반응을 보여야 할지 몰라서다.

정말로 아무것도 모르는 애였다. 어쩌면 상대방이 자신
을 싫어하는 걸 모르는 바보가 아닐까 싶었다. 머리가 어
떻게 되지 않고서도 이리 좋아하는 게 말이 안 됐다.

"형님은 화내는 모습조차 멋있으시오."

"……"

아무리 목숨을 구해준데다 무공까지 진보시켜줬다 해
도.

"부족한 소제가 좋아 어쩔 줄 몰라 다가가는 게 싫을 텐데도, 단 한 번도 때린 적이 없었소. 뻣뻣해진 뒷목을 손날로 주물러줘 잠이 오게 해주시고, 손보다 발바닥으로 귀여워 해주신데다, 의미 없는 칭찬보다 애정 어린 호통을 치시는 형님을……."

그걸 두고 괴롭히고 싫어한다는 건데.

"…난 강호에서 가장 존경하오. 아, 물론 남궁일 대협만큼 말이오."

"……."

이 대책 없는 애는 아무것도 모르고 있었다.

고개를 가로저은 아민의 눈빛이 단상 위의 창천검으로 향했다.

아민의 묘한 눈빛에 서문평이 의아해했다.

"설마 창천검이 탐나는 것이오?"

그럴 리가 있겠냐.

"그럼 안 되오! 창천검은 남궁일 대협이 어렸을 적에……."

창천검의 연원을 구구절절하게 읊는 서문평에 아민은 대꾸하지 않았다. 독고월의 기분이 십분 이해되는 순간이었다.

결승전이 벌어진 비무대에 세 사람이 올라왔다.

와아아아—

세 사람은 사람들이 내지르는 환호성에 귀가 먹을 지경이었다. 워낙 많은 사람이 몰려 관람석에 들어오지 못해 밖에서 대기하는 인원들이 낸 함성도 섞여 있었다.

얼마나 많은 이들이 용봉대전에 관심 있는지 알 수 있는 대목이었다.

심사관을 사이에 두고 마주 보던 독고월이 물었다.

"두렵지 않으냐? 사지가 될 텐데."

"네놈이야말로 두렵지 않으냐? 여기가 곧 네놈의 무덤이 될 텐데."

군백의 호기로운 대답에 마흔의 심사관은 미소를 지었다. 젊은이들의 호기로움은 언제 어느 때고 기꺼움을 들게 했다. 둘의 소지품을 빠르게 검사한 뒤, 건투를 빌어줬다.

"과열된 비무를 하다 보면 종종 위험한 순간이 오니. 그런 상황엔 손을 들어 졌다고 외치면 되오. 혹 말을 못하게 된 상황이면 바닥을 두어 번 내리치시오."

이번엔 군백이 먼저 선수 쳤다.

"들었냐? 네 행동강령이다. 그래도 멈추지 않을 거지만,

무릎을 꿇고 개처럼 꼬리라도 흔들면 생각은 해보마."

"까분다."

피식 웃은 독고월은 그리 말하며 몸을 돌렸다.

군백이 시뻘게진 얼굴로 그 뒷모습을 죽일 듯이 노려봤다. 당장에라도 달려들어 저 뒤통수를 터트려버리고 싶었다.

그 살심을 읽은 심사관이 경고했다.

"이곳은 전장이 아니고, 용봉대전임을 상기하고, 비무! 에 진지하게 임해주시오. 비무에 살생은……."

"간혹 비무를 치르다 보면 운 나쁘게도 죽은 자가 나오긴 하외다."

군백은 그리 말하고는 심사관을 향해 씩 웃었다.

"걱정 마시오, 최대한 자제는 해보겠소."

"……."

심사관이 할 말을 잃을 정도로 비무장엔 살벌한 공기가 맴돌았다.

그걸 피부로 느낀 건 심사관만이 아니었는지 주위에 대기하고 있던 대기심들도 서로 마주 봤다.

혹시 모를 상황에 용한 의원들을 대기시켜놨지만, 이번 용봉대전 최초 사상자가 나오는 불상사가 벌어질 것만 같았다.

그런 불안한 분위기를 읽었는지 지켜보던 모용설화의

표정이 긴장으로 물들어 있었다.

옆에 무리하면서까지 나온 모용준경이 동생의 손을 잡아줬다.

"오라버니."

모용설화의 시선에 모용준경이 강한 눈빛을 보여줬다. 걱정하지 말라는 것이다.

'설화, 네가 연모하는 이는 천하제일인은 아닐지라도 그에 근접한 이들 중 하나일 거다. 그러니 걱정 말고 지켜보거라.'

라는 마음을 눈빛으로 보낸 거다.

하지만.

"측간이라도 가고 싶으세요? 좀 참으면 안 돼요? 곧 중요한 경기가 시작되잖아요."

"……."

"아이참, 그런다고 그렇게 봐요. 좀 참아봐요. 동생이 이 중요한 경기를 꼭 봐야 해서 그래요. 정 힘들면 저기 죽립 쓰고 있는 평이를 불러줄 테니 둘이서라도 갔다 올래요?"

모용설화에겐 모용준경의 깊은 생각이 전해지지 않았다. 발을 동동 구르며 제가 좋아하는 독고월을 보느라 정신이 없었다.

모용준경은 이미 모용설화의 관심 속에서 멀어진 탓에

입맛이 썼다.

빠져도 단단히 빠졌다.

아버지 모용선이 알면 큰일이었다.

북리세가와의 혼례는 예정대로 진행되고 있었다. 이제
는 북리세가 쪽에서 더욱 빠르게 진행하는 중이다.

아무리 북리강이 평생을 침상 신세를 져야 할 폐인이 됐
다고 해도, 북리세가는 여전히 건재했다.

북리천극.

비무장, 정확히는 독고월을 죽일 듯이 노려보는 무림맹
주를 보면 알만하잖은가.

아들을 잃을 뻔한 아니, 거의 잃은 거나 다름없는 상황
을 눈앞에서 지켜봤다. 독고월은 말 그대로 북리세가의 원
수나 다름없었다. 특히 북리천극의 눈동자는 자신을 아무
리 감춘다고 해도 번들거리는 빛이 남아 있었다.

사람들 앞이라 지금은 평정을 가장한다고 해도, 나중엔
독고월에게 무슨 짓을 할지 누가 알겠나.

어쩌면 독고월의 생명에 해를 가할지도 모를 일이다. 예
전이라면 이런 짐작은 꿈도 못 꿨겠지만, 군백이란 존재를
통해 내막을 짐작한 모용준경이었다.

그렇기에 북리세가와의 결합을 어떻게든 막아볼 작정이
다. 설령 가주 모용선과 가문의 원로들에 의해 소가주 자
리를 보전하지 못하게 될지도 모르나, 모용설화를 그런 곳

에 시집 보낼 생각은 일절 없었다.

반드시 무슨 일이 있어도 막을 것이다.

모용준경은 모용설화의 긴장한 옆모습을 보며 다짐 또 다짐했다.

기다려라, 설화야. 오라버니가……!

"아이참, 오라버니 재촉 좀 하지 말라니까요. 그냥 혼자 갔다 오면 안 돼요? 팔은 멀쩡하잖아요. 꼭 동생이 같이 가야겠어요? 정말 오늘따라 왜 이러실까?"

따가운 시선을 느껴 고개를 돌린 모용설화의 질책이었다.

역시 이번에도 전해지지 않은 것이다.

모용준경은 두 눈을 감았다.

모용설화의 안색이 창백하게 질렸다.

"서, 설마 그냥 앉은 채로 실례한 거에요? 정말 그런 거에요?"

누가 들으면 큰일 날 소릴 아무렇지 않게 하는 모용설화를 보며, 모용준경은 종이와 목탄을 들었다.

"그럼 안돼요, 오라버니. 여기서 이러면 안 됩……."

사사삭!

'제발 그만 좀 해다오! 주위 사람들이 다 이 오라빌 쳐다보고 있지 않으냐?'

모용준경은 얼굴이 뜨겁다 못해 화끈거릴 지경이었다.

그렇지 않아도 화려한 외모 덕에 주위의 시선을 잡아끄는 모용세가의 남매였다.

수군수군.

이미 집중된 시선들이 낸 속삭이는 목소리가 들려왔다.

"어머, 어머! 인중룡이라는 모용준경이 바지에 실례하고 말았대!"

"아, 실망. 나 솔직히 정말 좋아했는데, 바지에 오줌 싼 건 좀 아니다."

"다 큰 어른이 조절을 못 할 정도로 큰 부상을 입었나 보지."

"그래도 이건 아니잖아. 왠지 냄새가 좀 나는 것도 같아."

이 정도만 들어도 어떤 오해를 하고 있는지 충분히 알만했다.

모용설화는 목덜미까지 벌게졌다. 자신의 외침 때문에 오라버니가 말도 안 되는 오해를 사게 한 것이다.

그녀가 그럴진대 수군거림의 당사자인 모용준경은 어떻겠나.

사삭!

'설화야, 이제 그만.'

종이에 쓰면서도 괜스레 울고 싶어진 모용준경이었다. 왠지 정말 실례를 한 기분이 들어서였다.

"우리 오라버니 바지에 오줌싸지 않았어요. 다들 오해에요, 오해. 제가 허언을 했네요. 호호!"

"……!"

모용설화의 변명에 모용준경은 두 눈을 감고 말았다.

수군수군.

괜한 부정이 의심을 더욱 불러왔고, 홍보효과까지 일으킨 것이다.

아, 죽고 싶다.

4

"그럼 시작!"

심사관이 서둘러 물러섰다. 지금껏 나눈 분위기상 금방이라도 격돌해 불꽃 튀는 대결을 벌일 것만 같았다.

"……."

"……."

둘은 말없이 노려만 봤다.

스르릉.

검을 빼어 들은 건 군백이 먼저였다.

독고월도 지금까지와 달리 월광도를 빼어 들었다. 그건 곧 상대의 실력을 인정한다는 말과 같았다.

둘이 병장기를 빼어 들자 주위의 분위기가 급변했다.

바야흐로 결승 비무가 시작됐다.

"……."

독고월은 눈빛이 살짝 달라졌다. 놀랍게도 상대의 실력이 일취월장해있었다.

어제까지의 군백이 모용준경보다 한두 수 위였다면 지금은 비교를 불허 했다.

"후후."

낮게 웃은 군백의 몸 주위로 흐르는 어마어마한 기세가 말해줬다. 절정무인을 넘어섰음을 말이다.

설마 군백이 자신을 속일 정도 실력자란 말인가?

독고월의 대답은 당연히 아니오였다. 이 정도로 강한 자였다면, 독고월이 못 알아볼 리가 없었다.

하루아침에 딴사람이 되어 나타난 것이다.

"선수… 필승!"

군백은 이를 드러내며 진각을 밟았다.

파앙!

쭉— 밀려오는 군백의 신형에서 검광이 번쩍였다.

눈을 아리게 하는 선연한 빛.

검강이었다!

휙.

독고월은 월광도를 들어 막기보다 신형을 뒤로 쭉 뺐다.

일단은 두고 보려는 심산이었다.

군백은 한 번잡은 승기를 놓칠 정도로 어리숙하지 않았다. 오히려 약점을 잡으면 끝까지 물고 늘어지는 승냥이와 같았다.

쉬쉬쉬쉭!

사방에서 번쩍이는 검광에 독고월은 물러나는 데만 급급했다.

파직!

목탄을 쥐고 있던 모용준경의 손에 힘이 들어갔다. 손이 거뭇해졌지만, 모용준경은 그걸 볼 새도 없었다. 자신과 비무했던 상대가 탈태환골이라도 한 것처럼 완전 딴사람이 되어 돌아왔다.

우와아아.

지켜보던 사람들이 환호성을 질렀다. 뭐가 뭔지 몰라도 군백의 격렬한 칼질은 보는 이로 하여금 신명 나게 했다.

슈아아악!

빛살보다 빠른 검강이 무언가를 잘랐다.

펄럭이는 옷가지.

다행히 잘린 것 옷뿐이었다.

지켜보던 모용설화는 마음을 졸였다. 다음 공격에 독고월이 해를 당할까 노심초사했다. 그녀가 보기에도 군백의 공격은 위력적이었다.

쉬쉬쉬쉭!

군백이 검을 미친 듯이 내지르며 대소를 터트렸다. 여유가 있었던 것이다

"하하하, 쥐새끼처럼 요리조리 잘만 피하는구나! 아까의 잘난 척하던 놈은 어디 갔느냐!"

"……."

"무서워서 벌벌 떨어대는 게 딱 계집애 같구나. 어디 한번 이번에도 도망쳐 보거라!

쉬악!

군백의 검이 조금 전까지 독고월이 있던 자리를 갈랐다.

쩌억— 하고 바닥이 갈라졌다.

오오!

"하하, 피하는 꼬라지가 쥐새끼가 따로 없구나!"

사람들의 감탄에 호탕하게 웃어젖힌 군백이 조롱을 일삼았다,

눈에 보이는 격장지계에 당하기엔 독고월의 지난 세월이 울었다. 깊게 가라앉은 눈빛은 군백을 살피기에 여념이 없었다.

마르지 않는 우물을 퍼다 쓰는 것처럼 내력은 쉬지 않고 이어졌다.

슈악!

지금도 검강이 독고월의 허리를 긁어왔다.

파앗!

독고월은 가볍게 뒤로 물러났다.

"그놈의 몽둥이는 멋으로 들고왔느냐? 겁쟁이처럼 굴지 말고 어서 덤벼라!"

이번에도 빗나가자 군백이 이죽거렸다. 쥐새끼처럼 피해대는 놈에 또다시 격장지계를 펼친 것이다. 게다가 이번엔 유인책까지 벌였다.

"좋다, 겁쟁이인 네놈이 겁먹어서 피해다니느라 정신이 없으니. 내 검강은 거두어주마. 궁지에 몰린 쥐새끼가 고양이도 문다며? 어디 한번 물어봐라."

검을 어깨에 턱하니 올린 채 이죽거렸다.

와하하하!

사람들이 박장대소를 터트렸다.

그 속에서 누군가의 비분강개한 외침이 터져 나왔다. 당연히 서문평이었다.

"감히 누구 보고 쥐새끼라는 것이냐! 쥐새끼라고 말하는 놈이 쥐새끼다! 그리고 형님은 그런 분이 아니시다! 형님 당장 저 천지분간 못하는 쥐새끼를 손봐주십시오. 형님은 지금 봐주고 있는……!"

서문평의 입은 곧 아민의 손에 막혔다.

읍읍! 거리며 서문평이 반항을 했지만, 어찌 된 영문인지 조금도 힘을 쓸 수가 없었다.

얼굴이 팔렸던 아민이 벌게진 얼굴로 속삭이고 있었다.

"제발, 좀 부끄럽게 만들지 말아 주세요. 이럴수록 형님을 곤란하게 만든다는 걸 왜 모르세요!"

"읍, 읍읍!"

내가 말이오? 라고 외치는 듯했지만, 아민에 의해 입이 막힌 터라 나오진 못했다.

"이것 참 대단한 추종자까지 두셨군. 어린놈이 벌써부터 헛소리를 해대는 걸 보니 싹수가 딱 보이네."

"……"

군백의 이죽거림에 독고월의 눈빛이 가늘어졌다.

"왜 기분 나빠? 그럼 어서 들어오던지. 쥐새끼처럼 피해대기만 하니, 흥이 식는군."

"알겠다."

느닷없는 독고월의 말에 군백이 사납게 웃었다. 드디어 제대로 된 비무를 벌이나 싶었는데.

독고월의 이어진 말은 군백의 간담을 철렁거리게 하였다.

"잠력환을 먹었군. 어쩐지 갑자기 강해진 게 이상하다 싶더니."

"그, 그걸 어떻게 네놈이!"

군백은 너무 놀라 말까지 더듬었다.

잠력환.

먹으면 잠력을 폭발시켜 족히 두 세배는 더욱 강해질 수 있는 대단한 환약이었다. 쉬이 만들 수 없는 비전 중의 비전인데, 장점에 비해 명확한 단점 두 가지가 존재했다.

이 잠력환을 먹으면, 잠력을 폭발시킨 대가를 치러야 한다는 거다.

그 대가는 죽거나 혹은 나쁘거나.

운 좋게 살아남아도 폐인이 되어 평생을 누워지내야 했다.

군백의 안색이 시커멓게 죽었다. 상대가 잠력환에 대해 알고 있다면 자신의 필패이기 때문이었다. 한순간에 무지막지하게 강하게 해주는 잠력환에 치명적인 단점이 존재했기 때문이었다.

"앞으로 이 각 정도 남았지?"

"……!"

어쩐지 격장지계에 주력한다 했다.

잠력환의 단점인 시간제한.

이번엔 독고월이 이죽거렸다.

"흥이 식는군, 임무에 실패했어도 무인으로서는 죽고 싶은가 보지?"

"이, 이놈이……!"

군백은 검을 고쳐 쥔 손을 부들부들 떨었다. 이어진 독고월의 말은 군백은 평정을 잃고 말았다.

"어디 한 번 용써봐라."

第 10 章

第 10 章.

1

경기는 의외로 싱겁게 진행됐다.

독고월은 요리조리 피해대기만 할 뿐 이렇다 할 공격은 하지 않았다.

그에 반해 상대인 군백은 미친 듯이 공격을 해댔다. 전심 전력을 다해서 검강을 줄기차게 뽑아내어 공격한 것이다.

그럴수록 독고월은 더욱 부딪치지 않고 물러났다.

우우우우.

오죽하면 지켜보던 관중들마저 야유를 퍼부을까.

평범한 이라면 그 야유에 반발해 맹공을 퍼붓겠지만, 독고월은 절대 그러지 않았다.

이유는 간단했다.

독고월이 이 용봉대전에서 보이기로 한 수위는 딱 절정 무인이었다.

어제 같은 경우는 모용준경을 구하기 위해 무위를 펼치긴 했지만, 그 정도쯤은 상대인 군백이 봐준 걸로 연결지을 수 있었다.

군백이 내찌르던 검에 힘을 풀어서, 시기적절하게 나타난 독고월에 의해 막힌 거다.

이렇게 소문이 날 수도 있는 일이었다. 실제로 지금 보여주는 독고월의 모습은 그 소문의 진위를 가려줬다.

휙, 휙!

벼락같은 두 갈래의 검격에도.

독고월은 꽁무니를 빼고 물러나기 바빴다.

"이노오오옴—!"

군백이 노호성를 터트리며 연환 검격을 이어갔다.

쉬쉬쉬쉬쉭!

사방으로 휘몰아치는 연환검격을 독고월은 쉬이 피했다.

나려타곤.

게으른 당나귀가 주인을 골탕먹이기 위해 땅을 구른다는 뜻인데, 강호인에겐 가장 치욕적이 회피기술이었다. 하지만 절체절명의 위기에서 벗어나게 해주는덴 최고였다.

"허, 허억!"

애써 가한 공격이 헛되이 허공만 가르자 군백은 점점 지쳐갔다. 숨이 턱까지 차오르고 있는데다, 안색은 파랗게 질려 있었다.

잠력을 폭발시킨 대가를 치르는 중이다.

식은땀마저 흘리는 군백은 끝이 찾아온 것을 깨달았다.

계약이 바뀌었다.

원래대로라면 결승 비무로 올라갈 모용준경에게 깊은 내상 또는 팔을 자르는 큰 부상을 입히는 것이었는데, 얼치기 놈이 져버리는 바람에 무산됐다. 하여 그쪽에서 천금을 들여 바꾼 계약은 이러했다.

정파 쪽에 적을 두려는 독고월의 죽음.

이른바 청부살인이었다.

하지만 군백은 잘 알았다. 독고월이 자신보다 훨씬 고수라는 걸, 임무가 무산되었기에 거절하려고 마음먹었는데 본교 쪽에서 은밀히 명이 내려졌다.

잠력환을 먹어 상대하라고.

군백은 내려진 명을 거절할 수 없었다. 그게 어떤 의미를 말하는 건지 알면서도 따를 수밖에 없었다. 본교에서 자신을 버리는 패로 독고월을 통해 무언갈 노리고 있다는 증거였다. 섭섭함이 없다면 거짓말이었다.

교주의 명은 절대적이다.

군백은 열렬한 신도였다.

그랬기에 잠력환을 먹어 독고월을 상대한 것이다. 마인으로서의 마지막 최후가 독고월와 같은 최강자의 손이라면 그리 나쁜 최후가 아니었다. 운이 좋아 이길 수 있다면 좋겠지만, 그가 보여줬던 어제의 모습은 천운이 따라도 힘들 듯했다.

다른 이는 몰라도 제 검을 잡힌 군백이 가장 잘 알았다.

고수가 고수를 알아본다고.

군백의 본능이 말해줬다. 독고월은 당연히 교주보다 못하겠지만, 장로들보다는 확실히 위일 거라고.

"도망가지 말고 나와 싸우자!"

쉬익!

전율이 이는 검강이 독고월을 향해 날아갔다.

콰앙!

검강에 의해 비무장 바닥이 폭발하듯이 터져나갔다. 잠력을 폭발시킨 군백은 초절정 무인이라고 해도 무방할 정도로 대단한 신위를 보여주고 있었다.

지켜보던 사람들은 튀는 나무파편에 분분히 몸을 숙였다.

"으아아!"

군백이 미친 듯이 소릴 지르며 검을 휘둘러왔지만, 독고월은 피하는 데만 급급해 보였다.

군백의 얼굴빛이 시커멓게 죽었다.

어느새 이 각이 다된 것이다.

군백을 향해 독고월이 냉소를 흘렸다.

"마지막 공격만큼은 제대로 받아주지. 있는 힘을 다해 공격해봐."

"뭐?"

되물은 군백이었지만, 이미 있는 힘을 쥐어짜서 검에 실는 중이다. 검강이 더욱 선명해지고 커져 갔다.

마지막 한 수를 준비하는 중이었다.

군백은 순간 이상한 소리를 들었다.

우르릉!

마른하늘에 웬 날벼락이란 의문을 끝으로 더 이상의 내력을 끌어올릴 수가 없었다.

피잉!

잔뜩 땅겨진 활시위가 풀린 소리와 함께 목에 뜨끔한 통증 때문이었다.

뒤이어 들려오는 싸늘한 목소리.

"쉽게 이길 수 있음에도 농락하며 이기는 기분은 썩 유쾌하진 않군."

독고월이 월광도를 들어 군백의 머리에 대었다.

군백은 그 월광도를 피해야 한다는 생각을 했지만, 생각으로만 그쳤다. 이상하게 몸이 움직이지 않았다.

"뭐, 그래도 있는 힘껏 용써봤으니 후회는 없겠지."

"끄, 끄르르!"

"방심을 틈타 운 좋게 이긴 걸로."

독고월은 피 거품을 무는 군백을 보며 도첨을 밀었다.

머리가 툭 밀리고.

쿵, 쿵.

넘어가는 신형과 함께 군백의 머리가 바닥에 굴러떨어
졌다.

머리가 굴러가며 피를 수놓는 참혹한 광경을 본 사람들
은 아연실색했다.

"스, 승자 독고월!"

정신 차린 심사관의 선언에도 환호성은 없었다.

2

비무장엔 괴괴한 침묵만이 맴돌았다.

잔치판이 참혹한 죽음으로 얼룩졌으니 당연한 반응이
었다. 그것도 흔한 영웅담처럼 멋지게 이긴 것도 아니고,
방심을 유도해 겨우 이겼는데, 마무리가 매우 좋지 않았
다.

모름지기 정파의 협객이라면, 패자에 대해 승자의 아량
을 베풀 줄 알아야 했다. 하지만 아량은커녕 잔혹한 손속

만 보였다.

물론 어느 정도 이해는 됐다.

죽은 군백이 줄곧 압도하던 경기였고, 찰나의 방심을 틈 타 독고월이 운 좋게 이긴 것처럼 보였으니까 말이다. 아량을 베푸는 건 나려타곤을 펼친 독고월보다 오히려 강세를 펼치던 군백이 적합해 보였다. 그랬기에 눈앞의 결과가 믿기지 않은 것이다.

그때였다.

짝짝짝.

두어 명이 먼저 손뼉을 치기 시작하자, 사람들이 하나둘 따라치기 시작했다.

그 두어 명인 서문평과 모용설화 거기서 그치지 않고, 환호성을 질렀다.

와아아.

사람들도 따라 환호성을 질렀다. 석연치 않은 결과라도 우승자가 나왔으니 축하는 해줘야 했다.

끔찍한 모습을 봐서일까.

아민은 하얗게 질린 안색을 했다.

환호하던 서문평이 그걸 보더니 다가왔다. 아민의 손을 잡아줬다.

"소협."

"앗!"

갑자기 아민이 서문평을 안았다.

서문평이 당황했지만, 밀어내진 않았다. 마교도에게 습격을 당했던 과거를 떠올린 듯, 아민은 벌벌 떨었다.

서문평은 이해한다는 듯이 등을 보듬어줬다.

모용준경과 모용설화가 그 모습을 보며 쓰게 웃었다. 그리고 주위를 둘러봤다. 이런 중요한 때에 가해월의 모습이 보이질 않아서다.

결승 비무가 벌어지기 전에 독고월은 돌아왔는데, 가해월은 돌아오지 않은 것이다.

무슨 일이 있는 건가 싶었지만, 지금 중요한 건 그녀가 아니었다.

사람들의 환호 아닌 환호를 받으며 단상 위로 가는 독고월이 중요했다.

용봉대전의 우승자에게 약속된 수여식.

생각보다 조촐했다.

모용준경은 그 이유를 어렵지 않게 짐작하였다.

북리천극 측 인사들이 재정적인 이유를 들어 용봉대전의 수여식 규모를 대폭 축소 시켰다. 북리강의 탈락이 그 원인이었다. 하여 무림맹주인 북리천극이 창천검을 수여하면서 강호에 공표하는 정도에 그칠 것이다.

처음부터 용봉대전은 북리강을 위해 초점이 맞혀져 있었으니까.

모용준경은 독고월에 의해 죽은 군백을 바라봤다.

만약 독고월이 없었다면 어떻게 됐을까.

적어도 모용준경은 멀쩡하지 못했을 거고, 독고월 대신 북리강이 저 단상 위에 서 있었을 것이다.

순간 한 가지 의문이 든 모용준경이었다.

강호에 소문나기론 독고월의 무공수위는 초절정이다.

한데 그들은 독고월이 소문과 다른 모습을 보여줬다고 해도, 저들은 어째서 북리강의 승리를 믿어 의심치 않았을 까?

모용준경이 독고월을 바라보는 건 당연한 수순이었다. 먼 발치였기에 안력을 집중시켰다. 그리고 독고월의 목 뒤 에 울긋불긋한 반점을 발견할 수 있었다. 모용준경이 두 눈을 부릅떴다.

저것은 전형적인 중독 증상아닌가.

어떻게 얼굴에 표시가 나지 않았…… 아!

독고월은 지금 인피면구를 쓰고 있었다. 그랬기에 알 수 가 없었던 걸지도 몰랐다.

어떻게 그리고, 언제 중독이 된 거지?

순간 모용준경의 뇌리를 스쳐 지나가는 장면이 있었다. 북리강과 비무를 앞둔 독고월의 전신을 유독 오래도록 검 사하던 심사관이 그 장면의 주인공이었다.

―…썩어도 너무 썩었어.

하면, 북리천극에게 일장을 맞은 뒤 일어나면서 했던 독
고월의 말은 이를 말하는 게 아닐까?

모용준경의 눈빛이 살벌하게 변했다. 정말이지 믿고 싶
지 않았지만, 자신도 당한 게 있었다. 군백을 걸러내지 못
한 것도 그렇고, 했던 말들이 뒤이어서 떠올랐다.

이건 정말이지 말도 안 됐다.

무림맹의 맹주란 작자가 이런 일을 벌인다는 건 말도 안
됐다. 그리고 그런 작자가 독고월에게 창천검을 수여한다
는 건 강호 최고의 농지거리였다.

모용준경은 분노하는 한편으로 독고월의 뒷모습을 바라
보며 감탄에 감탄을 거듭했다.

중독된 상황에서 용봉대전에 우승하고, 아무리 모진 일
을 당해도 담담한 모습으로 단상 위로 올라가다니.

만약 모용준경 자신이었다면 어땠을까?

절대로 가만히 있지 않을 것이다.

하지만 독고월은 중독된 증상을 보이는 와중에도 저 자
리에 서 있었다. 그의 대단한 무위를 생각하면 생명에 지
장은 없겠지만, 빨리 해독해야 했다.

모용준경의 눈빛이 초조함으로 물들었다.

그 걱정을 아는지 모르는지 독고월은 생각보다 멀쩡히

서 있었다.

"…하여 용봉대전의 우승자인 독고월 소협에게 부상으로 창천검을 수상하노라."

무림맹의 인사 한 명이 그리 말하며 창천검을 가져왔다.

북리천극이 창천검을 들어 건넸다. 표정은 딱딱하게 굳어 있었다.

독고월은 창천검을 건네받았다. 그리곤 창천검을 유심히 살피기 시작했다.

"왜 또 그러는가? 무슨 문제라도 있는가?"

북리천극의 곱지 않은 목소리였다.

독고월은 대답없이 창천검을 살피다가 피식 웃었다.

"어처구니가 없군."

무례하기 그지없는 발언이었는데, 북리천극을 비롯한 인사들은 불길한 느낌을 받았다.

땅!

독고월이 손가락으로 창천검의 검날을 때렸다.

검날이 부르르— 떨리며 들려오는 검명은 불순물이라도 섞인 듯이 청명하지 못했다.

"어?"

"……!"

옆에 있던 모용선의 눈빛이 변했고, 남궁문희는 믿을 수 없다는 표정을 지어 보였다.

창천검은 극상품의 철인 한철(寒鐵)로 만든 남궁일의 애검이었다.

그랬기에 알만한 이들은 청명하지 못한 검명에 불순물을 섞였음을 대번에 알아차렸다. 시중에 흔히 파는 철검들처럼 말이다.

모용선이 한 발 나섰다.

"이게 대체 어찌 된 것이오?"

"창천검의 검명이 아닙니다, 이건."

남궁문희가 이의를 제기하고 나서자, 북리천극을 비롯한 인사들이 독고월을 바라봤다.

불길함이 현실이 되어 돌아온 것이다.

독고월이 날린 손날에 의해 창천검이 뚝— 부러져나갔다.

챙그랑!

바닥에 떨어진 검날을 보며 독고월이 냉소를 흘렸다.

"이런 되지 않는 모조품이 창천검일 리는 없겠지? 안 그래, 늙은이들?"

"……."

북리천극의 눈빛이 북풍의 한설보다 더욱 차가워졌다.

웅성웅성.

"이럴 수가!"

"이게 대체 어떻게 된 거지?"

창천검이 수수깡처럼 뚝 부러지는 광경에 단상 위는 물론 지켜보던 관중까지 경악했다.

"맹주, 창천검의 진품은 어디 있소? 어째서 모조품을 내온 것이오?"

모용선의 추궁이었다. 뭔가 이상한 낌새를 눈치챈 것이다.

남궁문희는 다가와 독고월에게 모조품을 요구했다.

"남궁세가의 가주 남궁문희라고 하네. 괜찮으면 본 가주가 살펴봐도 되겠나?"

독고월은 쳐다도 보지 않고 순순히 건네줬다.

남궁문희는 그 무례한 태도에 기분 나빠하기보다 창천검을 살피는 데 여념이 없었다. 곧 그녀에게서 싸늘한 목소리가 흘러나왔다.

"검집은 분명 남궁일 대협의 것이 맞습니다. 허나 검날은 아니지요. 이게 어떻게 된 겁니까?"

부드러웠던 눈매가 매섭게 변했다.

북리천극을 비롯한 정파의 인사들은 쏘아보는 남궁문희 눈빛에 할 말을 찾지 못했다.

단목세가의 가주 단목경진이 남궁문희의 옆에 섰다.

"맹주께선 소상히 말씀해주셔야 할 것입니다."

굳이 남궁문희 옆에 선 것은 발언에 힘을 실어주기 위해서였다.

모용세가, 남궁세가, 단목세가를 비롯한 세가들이 이리 나오자, 다른 문파의 수장들이 눈치를 살펴댔다. 현 무림맹의 삼분지 일을 이루는 가장 큰 세가들이니 당연했다.

중도파인 원로들과 팽가와 황보가, 태극양가가 있긴 하지만, 말 그대로 전면에 나서지 않은 세력이었으니 차지하고.

지금 전전긍긍하고 있는 무림맹의 저명한 문파의 수장들과 북리세가가 나머지 삼분지 일을 차지했다.

남궁세가를 비롯한 전통세력과 북리세가를 필두로 한 신진세력의 대립구도가 발생한 것이다.

인의무적 남궁일의 창천검.

균열의 시발점이 되었다.

남궁일이 죽은 순간부터 이미 예정된 결과였다.

독고월은 창천검의 검집과 북리천극을 번갈아 봤다. 그가 어떻게 변명할지 무척이나 기대된다는 표정이었다.

아마도 저 늙은 여우가 창천검을 부상으로 내건 이유가 곧 밝혀질 것이다.

3

북리천극이 단상 위에서 호흡을 가다듬었다. 수많은 군중을 보며 말했다.

"창천검은 인의무적 남궁일 대협의 검이 맞소!"

쩌렁쩌렁한 외침에 군중은 물론, 남궁문희와 같은 가주들이 반발하려 했다.

"하지만!"

북리천극의 일갈이 빨랐다. 사자후를 응용한 터라 귀청이 먹먹해질 정도였다. 그 덕에 웅성거림이 잦아들었다.

주위를 만족스럽게 둘러본 북리천극이 남궁문희를 향해 외쳤다.

"검날은 모조품인 건 사실이오! 하나, 검집은 진짜이외다! 아니 그렇소, 남궁 가주?"

"……"

사실이었기에 남궁문희는 답하지 않았다.

오히려 모용선이 언성을 높였다.

"그게 대체 무슨 해괴망측한 소리요! 맹주께선 확실히 말해야 할 것이오, 그렇지 않으면!"

"않으면?"

북리천극의 눈매가 하늘로 치솟았다. 패도적인 기세가 은연중에 흘러나왔다.

모용선은 가볍게 어깨를 흔들어 기세를 떨쳐냈다.

"아무리 무림맹주라도 각오해야 할 것이오."

"허허, 아무리 사돈 될 사이라지만… 너무한 말씀 아니시오?"

북리천극의 섭섭해하는 말에 모용선이 답해줬다.

"그러니 사실 여부를 확실히 말해야 할 것이오. 안 그러면 맹주 위를 보전하기 어려울 것이니."

"그 누구도! 본 맹주에게 강요할 순 없소!"

사납게 외친 북리천극이 두 눈에 쌍심지를 켰다.

모용선을 비롯한 가주들이 반발하려 했다.

북리천극이 손을 들어 막았다.

"하지만! 남궁일 대협에 관한 일이기에 내 이번은 말해주겠소."

한 발짝 물러서는 발언에 다들 다음 말을 기다렸다.

북리천극 쪽 인물인 각 문파의 수장들은 내심 초조했으나, 무표정을 가장했다. 북리천극이 잘 이야기할 거라 믿었다.

마침 북리천극이 입술을 뗐다.

"석 달 전 인의무적 남궁일 대협이 무림맹에 검을 보내온 건 사실이오. 허나, 그 검은 반쪽짜리였소."

"……!"

"……!"

청천벽력같은 말에 모두가 경악했다. 무인에게 분신이나 다름없는 검이 부러졌다. 그것이 의미하는 바가 너무 명확해서다.

북리천극은 그들의 생각을 실체화해줬다.

"남궁일 대협에게 변고가 생겼단 말이었소. 그리고 동

봉된 서신들이 있었소. 바로 남궁일 대협이 보낸 것이었지. 그게 바로 이것이고."

물론 그런 건 없었다.

북리천극은 혹시 모를 상황을 대비해둬 대필가를 구해 놨다. 남궁일의 필체로 확보한 뒤, 미리 서신을 작성해둔 것이다. 이 기밀이 샐 이유도 없었기에 편지를 내미는 데 주저함이 없었다. 대필가는 이미 이 세상 사람이 아니었다.

이 서신이 가짜임을 아는 사람은 북리천극과 이중 아홉 뿐이었다.

모용선이 남궁문희가 한 말을 떠올리고는 반발했다.

"후학을 부탁한다는 말뿐이었잖소!"

"그렇소. 최근에 한 통을 더 보내왔소. 본 맹주가 서신들이라고 말한 건 그래서요."

그러면서 품에서 서신 하나를 건넸다.

새로이 작성된 서신을 받아든 이는 남궁문희였다.

부들부들.

남궁문희의 눈이 아래로 내려갈수록 신형의 흔들림은 더해갔다. 아찔함을 느낀 남궁문희는 하마터면 주저앉을 뻔했다. 옆에 수행원으로 있던 남궁민이 아니었다면 말이다.

남궁문희가 놓친 서신이 바닥으로 떨어져 내렸다.

그 정도로 받은 충격이 컸던 걸까.

모용선이 서둘러 서신을 낚아챘다. 그리고는 서신을 펼

쳐 들었다. 노회한 눈동자에 곧 물기가 어른거렸다.

"이럴 수가!"

서신의 내용은 충격적이었다.

(중략)

어쩌면 이 서신이 마지막일지도 모르겠소. 천산을 넘어 협객행을 펼치려던 본인은 간악한 마교놈들에 의해 큰부상을 입었소. 전서구로 보내는 이 서신이 무사히 맹까지 닿을지는 모르겠지만, 내 마지막 유지만큼은 이어지길 바라는 마음에 무리해서 보내오.

(중략)

부디 본인의 창천검과 유지를 이을 자가 인의무적이란 명호에 걸맞은 이가 되었으면 하오. 이번 맹주께서 알아서 잘 하실 거라 믿겠소.

(중략)

만약 본인이 용봉대전 전까지 나타나지 않는다면, 본인의 천명이 다한 것이오. 허나 강호의 평안을 위해 내가 그들에 의해 죽었음은 숨겨주시오. 자칫 벌어질 대전은 피해야 하지 않겠소?

(중략)

그것만으로도 충분했다.

죽으면서까지 강호를 걱정하던 위인의 유언에 단상 위

는 물론, 군중까지 할 말을 잃었다.

내력을 담아 모두에게 서신의 내용을 알려줬던 모용선, 그의 눈동자가 사정없이 흔들렸다.

뚝뚝.

서신 위로 굵은 물방울이 떨어져 내렸다. 당시의 급박한 상황을 설명이라도 해주는 듯한 피문은 서신이 때문이었다.

"이 사람아!"

서신을 움켜쥐고 오열하는 모용선에 주위의 분위기는 숙연해졌다.

"잠깐!"

느닷없이 터져 나온 앙칼진 외침에 독고월의 고개가 돌아갔다. 익숙한 목소리여서다.

바로 아민이었다.

4

"정말 신교가 그랬다는 증거가 있나요?"

갑작스러운 외침에 옆에 있던 서문평이 어리둥절해했다.

"소, 소저……!"

당황한 큼지막한 서문평의 눈동자에 아민은 싸늘하게 웃었다.

덥석.

서문평의 뒷목을 잡은 아민이 신형을 날렸다.

휘이이익!

그 속도가 어찌나 쾌속한지 옆에 있던 모용설화가 미처 막을 새가 없었다. 부상당한 모용준경도 말할 것도 없고.

순식간에 단상 위에선 아민과 서문평이었다.

서문평은 혼란스러운 얼굴로 말까지 더듬거렸다.

채채채챙!

단상 위에 있던 이들이 모두 검을 뽑아들었다.

아민에게서 심상치 않은 기세가 흘러나왔다.

서문평이 더듬거리며 물었다.

"이, 이게 대체 무슨 일이오?"

"서 소협, 내게 했던 말 기억해요?"

아민은 서문평보고 걱정하지 말라는 듯이 볼을 매만져 줬다.

"무, 무슨 말을 말이오?"

"내게 그랬잖아요. 남궁일 대협에게 일 년여 전과 석 달 전에 두 번이나 서신을 보낸 일을 말하는 거예요."

"그, 그랬소. 한데 그게 이 단상 위에 있는 것과 무슨 상관이오?"

서문평의 의문스러워하는 말에 아민은 배시시 웃었다.

"왜냐면 그 일이 이번 일과 깊은 상관이 있기 때문이에요.

이를테면 신교에게 죄를 덮어씌우려는 발칙한 놈들을 솎아 내기 위한 것이라 할 수 있겠죠?"

"네 이년! 여기가 어디라고 감히 끼어드는 것이냐!"

휘익!

북리천극의 수신호위 진충이 검을 빼어 들고 달려들었다.

쉬쉬쉬쉬쉭!

아민의 주위로 흑의무복을 입은 이들이 내려선 것도 그때였다. 그 무인들은 하나같이 대단한 무위를 가지고 있었다. 여기에 있는 이들도 감히 경시하지 못할 정도였다. 한데 얼굴빛이 푸르슴한 것이 뭔가 이상했다.

아민이 하얀 미소를 지었다.

"신교의 비강시(飛殭屍)예요. 초절정 무인이 되어야 상대할 수 있는 신물이죠."

숫자는 정확히 열둘.

만약 아민의 말대로, 비강시라면 이곳에 있는 이들의 태반은 몰살당할 것이다. 북리천극을 빼고는 그들을 상대할 순 없을 테니.

나머진 절정 중의 절정인 최절정에 불과했다.

무림맹의 핵심 전력인 원로들은 현재 이 자리에 없었다.

거기다 아민 소저라고 불린 소녀도 범상치 않아 보였다.

"그렇다고 너무 긴장하지 마세요. 사실 여부만 확인하고 떠날 거니까. 하지만! 아무리 신교가 자비심이 넘쳐도

오욕을 뒤집어쓸 만큼 자애롭진 못해요. 그러니 여러 영웅들께선 오늘의 무례를 이해해주시리라 믿어요."

포권을 지은 아민이 독고월을 바라봤다.

그 무감각한 눈빛에 아민은 혀를 내둘렀다. 어느 정도 내막을 알고 있는 그녀가 생각하기에도 독고월은 정말이지 대단한 자였다.

"속여서 미안해요. 소녀의 소개를 제대로 하지요. 소녀는 신교의 장로 중 말석인 소군(素珺)이라고 해요."

"……!"

그 충격적인 발언에 서문평의 눈동자가 애처롭게 흔들렸다.

군웅의 분위기가 달라졌다.

북리천극이 기세를 끌어올린 덕분이었다.

"…지금 소군, 그대가 여기 있다는 것은. 정마대전을 벌이려 한다는 걸로 받아들여도 되겠나?"

북리천극의 경고 섞인 발언에도 소군은 천진난만하게 웃었다.

"그럴 리가요. 신교는 투견이나 다름없는 흑도 놈들처럼 호전적이진 않지만, 오욕을 뒤집어쓰면서까지 가만히 있을 정도로 참을성도 많지 않아요. 아까도 말했듯이 사실 여부만 확인하면 되니 걱정하지 마세요."

"뭐라?"

"맹주님처럼 신교와 싸우고 싶어 안달 나진 않았거든요."

어린 여아의 맹랑한 말에 맹주는 발끈했지만, 여기서 끼어들면 스스로 인정하는 꼴이었다.

아민이 냉소 어린 표정으로 말했다.

"해서 경고해 드리는데, 지금부터 제가 하는 말을 자꾸 가로막으면, 대전을 벌이고 싶다는 뜻으로 받아들일게요. 교주님께 전권을 위임받은 저예요. 선전포고를 한다면, 신교는 지금 바로 천산을 넘을 겁니다."

"……."

이쯤 되자 감히 나서는 이가 없었다.

북리천극은 이를 갈았지만, 다른 이들이 보낸 눈총에 일단 들어보기로 했다. 지금 그녀를 치면 말 그대로 자신이 구린 점이 있다는 걸 인정하는 꼴이었다.

"서문평 소협이 남궁일 대협에게 서신을 보낸 건 일 년여 전과 석 달 전이었죠. 며칠 전 제게 했던 말을 기억하죠, 서문평 소협?"

너무 익숙한 목소리의 물음에 서문평은 얼떨결에 고개를 끄덕였다.

아민은 아연실색한 남궁문희를 바라봤다. 어찌 저리 묻

307

는지 알고 있는 듯했다.

"남궁 가주께서도 잘 알고 있을 거예요. 석 달 전에 서신을 받은 남궁일 대협께서 협객행을 떠나셨음을 말이죠."

"그, 그걸 어떻게 알고 있죠?"

남궁문희의 말은 네가 어떻게 그걸 알고 있냐는 말이었다. 남궁일의 협객행을 떠난 걸 배웅한 게 그녀였다.

"신교의 정보력을 우습게 보지 마세요. 서문평 소협이 서신을 두 번이나 남궁일 대협에게 보냈다는 말을 듣고 이상함을 느껴 조사를 시작했거든요. 그리고 아주 기가 막힌 사실을 알아냈죠."

이곳엔 괴괴한 침묵만이 감돌았다.

신교의 정예고수 등장이 준 공포도 공포지만, 이어질 소군의 말에 심상치 않은 내막이 숨겨져 있음을 깨달은 덕분이었다.

독고월은 넋 나간 서문평을 바라보았다. 아민의 정체에 충격받은 얼굴이 참으로 바보같이 보였다.

아민 아니, 소군의 말은 사실이었다.

그 서신을 남궁일은 물론, 독고월도 같이 보았다. 처음엔 서신이 어른스러운 어투로 적힌데다, 자신의 정체를 숨긴 터라, 눈앞의 애송이와 동일시하지 못했다.

하지만.

남궁일을 너무나 추종하는 점과 서문평의 말투로 보건

대, 소군의 말엔 한 점의 거짓이 없었다.

즉, 남궁일이 보고 떠나게 된 서신은 서문평이 작성한 게 맞았다.

"하면 강북에 있는 화전민촌으로 갔을 남궁일 대협께서 석 달 전에 천산에서 검을 보낸 건 무엇이고, 또 다른 서신까지 보냈다는 건데, 이게 말이 된다고 생각하세요?"

"……."

"거리상으로 마차를 타도 석 달은 더 되는 거리죠. 하면 화전민촌으로 협객행을 갔다가 신교가 있는 천산까지 와서! 되레 당해서 부러진 검을 보냈다는 이야기인데, 이게 말이 됩니까? 정말 신교가 남궁일 대협을 죽이로 했다면, 천라지망을 펼쳤을 것인데! 전서구를 통해 서신을 보낸 것도 그렇고! 사람을 통해 부러진 검을 보낼 시간이 충분하다고 생각하는 겁니까!"

소군의 지적에 북리천극을 비롯한 열 명의 얼굴이 빨개졌다. 확실히 말이 되질 않았다.

남궁문희가 벌떡 일어났다.

"이게 대체 어떻게 된 겁니까!"

남궁일이 서신을 받고 나간 건 사실이었다. 그게 서문평이란 아이가 보낸 거라면!

무림맹주 북리천극이 말한 것과 모용선이 들고 있는 서신은 들어볼 것도 없이 거짓이었다.

"민, 당장 세가로 가서 저 아이가 보냈다는 서신을 가져오거라!"

"네!"

남궁문희가 서릿발이 몰아치는 눈빛에 남궁민은 절도있게 답했다.

휙.

남궁민과 남궁세가의 무인들이 경공술을 펼쳐 떠났다. 남궁세가도 이곳에서 그리 멀지 않았다. 그들의 경공술이라면 왕복 반 시진이면 충분했다.

소군이 주위를 둘러보면서 진한 미소를 지었다.

"곧 밝혀질 일은 그렇다 치고, 부러진 창천검과 거짓으로 작성된 서신을 보건대……."

말꼬리를 흐린 소군의 시선이 북리천극에 멈춰졌다. 신교의 회유 대상이었던 독고월이 용봉대전에 참가하는 바람에, 판을 아예 버릴 심산으로 조사에 임한 그녀였다.

한데 이런 뜻밖의 월척이라니.

북리천극의 딱딱한 시선을 보아하니 월척 중의 월척이었다.

"…남궁일 대협은 죽은 게 확실한 거 같네요. 다른 어디도 아닌, 화전민촌이 있는 곳에서 말이죠."

"이 사갈 같은 계집이 삿된 말로 호도……!"

막 호통을 치려던 북리천극은 말을 멈췄다. 어린애의 울음 섞인 목소리 때문이었다.

"소, 소저… 으흑!"

"네, 서문평 소협. 말씀하세요."

소군은 만면에 친절한 미소를 띄웠다. 이 애송이의 주절거림 덕분에 월척 중의 월척을 건져 올릴 수 있었다. 이걸 어떻게 이용할지 벌써 기대가 됐다.

서문평은 소군을 보며 눈물을 뚝뚝 흘렸다.

"그, 그 말은 본인이 보낸 서신 때문에 남궁일 대협께서 돌아가셨단 말이오?"

"흠, 그렇게 되나요?"

소군은 고개를 갸우뚱거렸다. 그러다 배시시 웃음을 흘렸다.

"뭐, 소협 때문이 아니라고 해도 언젠가는 죽었겠지만… 맞아요, 소협 때문이라고 할 수 있겠네요."

"……!"

벌린 입을 다물지 못하는 서문평.

서문평은 초난희에 의해 마차에 태워져 세가로 돌아간 뒤 서신을 작성했었다. 초난희 누님과 화전민촌 사람들이 걱정된 나머지 남궁일에게 서신을 보냈던 것이다.

그게 어떤 결과를 불러일으킬지도 모른 채.

멍청하게 보냈다.

일 년 뒤에 다시 화전민 촌으로 출발하기 전까지 합해서 두 번이나.

그리고 아민 아니, 소군이 말하기를 남궁일은 죽었다고
한다. 화전민촌으로 왔다가 말이다.

해서.

"아, 아아······."

서문평은 빨개지다 못해 시뻘게진 눈동자로 쓰러졌다.
자신이 그렇게 존경해마지 않는 대협을 죽게 만든 게, 바
로 서문평 자신이란 사실이 믿어지지 않았다.

그저 그들에게 도움이 되었으면 해서 서신을 보낸 것인데.

자신의 빌어먹을 서신 때문에 남궁일 대협이 죽음을 당
했다니.

"미안하지만, 소협이 그리 존경한다는 남궁일 대협은
죽은 게 확실해요."

소군이 미소 지으며 한 말을 끝으로.

"으아아아아앙—!"

엎드린 서문평에게서 절규 섞인 울음소리가 터져 나왔다.

모든 게 자신 때문이었다.

〈5권에서 계속〉